コロナ禍の日常

地方の窓から見えた風景

梅本清一
UMEMOTO Seiichi

論　創　社

はじめに

新型コロナウイルス。初めて聞いた言葉、コロナ。あっという間に世界を席巻した。世界の国々、人間が暮らす地域の隅々まで。GDPの大小、貧富や地位、宗教や人種、民族の違い。分け隔てなく、ウイルスが静かに、しかも強烈な勢いで襲った。「これは戦争だ」と言い放った世界のリーダーがいたが、世界が、地球人が呪われた、とさえ思った。人間がもがき、暴れるほど、ウイルスは裏をかくように侵入したのだ。

主な出来事を振り返ってみた。二〇二〇年一月一六日、厚生労働省が国内初の感染者を確認と発表した。二月五日、大型クルーズ船ダイヤモンドプリンセスで乗客乗務員一〇人の感染が確認された。しばらくして、政府の専門家会議が「今後、一〜二週間が瀬戸際」との見解を示した。二月二六日、安倍首相が国民に向けて、「大型イベントの二週間自粛を要請。同二七日に首相が小中高校などに、三月二日から春休みまで全国一斉の臨時休校を要請した。以後も、コロナ関連のニュースが日々、洪水のように溢れている。

ダイヤモンドプリンセス号のニュースが連日、報道された。船内の話のため、地方で暮らす私にはそれほど緊迫感がなかったが、家族や友達がマスクを求め、走り回り始めていた。二月末に友人が昨秋の叙勲受章に伴う祝賀会の開催延期、その後中止の連絡が入った。三月、四月は年度代わりで、地域内ではさまざまな行事や会合が目白押しだった。

ローカルな話だが、四月末には町内の春祭りがある。例年三月末から若者らの獅子舞の稽古が始まる。密閉、密集、密接の三蜜。果たして、実施して良いものだろうか。少ない若者らの意気に頼って、継続してきた獅子舞。一旦、中止すると、伝統ある獅子舞が絶え、消えやしないか。東京発のニュースに不安が増幅する中、地域の出来事にどう向き合い、対処すべきか。悩む日々であった。

気が付けば、桜が咲き、あっという間に散った。間もなくゴールデンウイーク（GW）を迎える。思考停止の静止画像の中をさ迷っているようだった。雑事に追われながら、こんな日々、日常が続くのか。逆に「早く、日常を取り戻したい」――こんなふうに叫ぶ人もいた。すると、今は非日常なのか。非日常がいつまで続くのか、日常（生活）とは何だ。

頭がおかしくなりそうだ。ふと、我に返った時、当たり前のことに気付いた。こんな事態は生まれて初めての出来事、自分が悩むように、周りの人、いや世界中の人々が悩み、もがき、苦しんでいるのだ、と。そう思うと、スーッと気持ちが落ち着き、冷静さを取り戻したようだった。今見た風景、見えた静止画像をスケッチしてみる。次の日、見えた静止画像には昨日と違った風景が見えるはずだ。

自分の周りには家族がいる。地域活動に勤《いそ》しむ住民がいる。竹林再生のボランティアがいる。地域福祉に熱心な市民がいる。さまざまな人々が動いている。よく見ると、みなコロナとの闘い、コロナで困っている人、困っている人を助けようとしている人。地域と地域の人々から見聞きした事柄を書きとめ、風景を描く。これはひょっとして、私だけではなく、市井の人々、それぞれがスケッチしてもいいはずである。それが無理ならば、元地方紙記者だった者がそれを担う、意味があるかもしれない。勝手な妄想が広がった。

描くとしても取材活動が必要だ。時としてインタビューが必要だろう。しかし、三蜜、ソーシャルディスタンス。厚い壁だ。だが、地域に根を張る、出身の地方紙・北日本新聞（本社・富山市）がある。大きなコロナ関連ニュースもあるが、小さな地域ニュースが日々、報道されている。私の僅かな体験や経験、小さな目で窓の外に見える小さなコロナの風景を眺め、日々変化する地域から、人間の活動、日本や世界を想像する。そんなスタンスで綴った。

本書はコロナ禍の日記である。ただし、日々の私生活を綴ったものではなく、視点はあくまで地域社会の中で見た風景である。時々刻々、新聞やテレビ、ネットから流れる感染者数に一喜一憂する気持ちを抑え、今、目の前に広がる地域の日常の風景や地域から見えた日本、自身の思うことを綴ることに徹した。

一つだけ真面目に言えば、新聞社時代、地方紙は地域の人々と喜びも悲しみも苦しみも、ともに生きる。そして、「地方に軸足を置いて、地方や地域の問題に取り組み、そして地方から日本の問題ととらえ、発信するのが地方紙の使命である」と考えていた。

コロナ禍は一地方、一地域だけに見える出来事ではない。初めから日本中、いや世界中の地域で見える窓の風景は異なるけれど、共有の出来事であり、問題なのだ。書き続ける中、ひょっとして地方の窓から見える地域の人々の姿から、地方や国家、政治経済社会の仕組みや文明社会、日本や世界の一端が見えるかもしれない。

コロナ禍を非日常と呼んだ。しかし、私たち一人ひとりの日常生活であることには変わりはない。本書のタイトルを「コロナ禍の日常——地方の窓から見えた風景」とした。私の窓を覗いても、何も見えないかもしれない。一つでも共感を覚える、何かが見えるかもしれない。以下、ページをめくって頂ければ、深謝である。

コロナ禍の日常——地方の窓から見えた風景

目次

5月

6月

7月

8月

March

3月

江浚い

春先、富山県内の農村地帯で農業用水路の泥上げ作業が続く。三蜜を避け、実施＝射水市内

1月〜3月の出来事

1.16 厚労省が国内初の感染者確認と発表
2.5 大型クルーズ船ダイヤモンドプリセスで10人の感染を確認
2.24 政府の専門家会議が「1、2週間が瀬戸際」と見解示す
2.27 安倍首相が小中高校などに3月2日から春休みまで全国一斉の臨時休校要請
3.11 WHOがパンデミックと認定
3.14 改正新型インフルエンザ等対策特措法が施行
3.25 小池東京都知事が週末の外出自粛を要請
3.30 富山県内で感染者を初確認

菊ちゃんハウス——コロナに負けるな

〔2020・3・9〕

新型コロナウイルスの感染拡大の兆しが見えてきた。とはいえ、富山県内の感染者は出ていないが、警戒感が広がり始めた。三月九日、四月上旬並みの暖かい日和。友人の紹介で訪ねた。里山の麓、富山県射水市丸池、県道から脇の農道に入ると、野菜ハウスが見えた。数えると三六棟並ぶ。特産のコマツナを中心にホウレンソウなど施設野菜栽培の「菊ちゃんハウス」（菊岡進代表）だ。

同ハウスは、自動車修理工だった菊岡さんが一五年前に転職して、十一棟で始めた。今や、生産規模は三倍に拡大した。管理責任者の坂口いづみさんに農場を案内してもらった。坂口さんは新潟大農学部を卒業し、高岡市内の障害者のための就業・生活支援センターに勤めていた。高校時代、テレビで見た農業現場で働く障害者の姿に心打たれた。「いつか、あんな所で働きたい」と夢見ていた。自分の理想とする仕事場がたまたま、研修に訪れた「菊ちゃんハウス」だった。

障害者は全体の四割の七人。ハウス内の土を耕し、種をまき、生育したコマツナを出荷するため、箱詰め作業を行っている。菊岡さんは「坂口さんが来て、生産規模、従業員も大幅に増えた。彼女に任せているよ」と笑う。坂口さんは「障害者をもっと増やしたい」と雇用拡大に意欲的だ。

訪れたこの日、コロナに警戒してか、坂口さんをはじめ、作業する障害者も、健常者もマスク姿である。自宅にこもりがちの、障害者や高齢者が太陽の下で働くのが一番だ。健康にも良い。けど、冷たい景気の風が一番に吹き荒れるのが、障害者の雇用現場である。

コロナの風が吹き荒れ、「菊ちゃんハウス」を直撃しないだろうか。近くの「JAいみず野」の野菜直売所へ時々行く。障害者らが作ったコマツナを買い求め、毎朝のみそ汁に入れている。

江浚いの風景――住民総出で用水路の泥上げ

〔2020・3・20〕

三月に入り、二度目の江浚《えざら》いだ。農村地帯には田んぼと農道、農道に沿って農業用排水路が縦横に整備されている。用水の底に堆積した土砂をスコップですくい上げ、田んぼや農道へ入れる。江浚いは三月から四月にかけ、この地域の風景である。

私が暮らす町内はかつて、米作り一辺倒だったが、国の政策に従い、転作作物として大麦や枝豆、蕎麦の栽培などに取り組む。わずか九〇世帯の地区住民の大部分が会社勤めや自営業。耕作者はみな兼業だ。兼業農家自体も、少数派だ。

農業では生活できない。専業農家はほとんどいない。しかし、土地（田んぼ）を放棄するわけにいかないため、法人組織の集団営農組合が設立された。組合に参画した世帯、土地を所有するが、耕作委託の世帯、当初から土地を所有していない世帯。参画した人も、耕作委託者も、多くは会社勤めのOBか現役だ。実態はサラリーマンが暮らす「農村地帯」と言うべきだろうか。

江浚いには耕作者だけでなく、委託者、純粋な会社勤めの人にも参加を呼び掛ける。例年、一回に五、六〇人が参加する。二回とも休日に実施するも、仕事の都合で参加するのも大変だ。それでも近年、若い人も結構、顔を出し心強い。農業用排水路の江浚いは農業を維持するためだけではない。豪雨続きで小河川や農業用水が氾濫する危険がある。当然、町内全体に浸水の危険が及ぶ。

江浚いは田畑と地域全体を守る事業だ。今、新型コロナ感染拡大が懸念される。作業中の「蜜」の心配はない。みな黙々と、泥上げに汗を流した。今年は作業後の懇親会は中止した。地域を守るためには、住民の協力とつながりが欠かせない。今年はつくづく実感する。

地域を守るとは――人と人とのきずな

〔2020・3・31〕

この一月、地域の町内会長に就任した。新聞社勤め時代の〝超多忙〟を理由に役員を避けてきたが、七〇歳近くになり、同世代の責任として引き受けた。九〇世帯のこじんまりした集落。かつては、米作り一辺倒の純農村だったが、農業は衰退し、農地、農道、農業用排水路のインフラは残る。今や集団営農が進み、担い手は会社勤めOBがほとんどだ。住民の多くは定年を迎えた六〇代後半から七、八〇代層が一番厚く、少子高齢化、一人暮らしも目立つ。

二月二日、町内初のそば祭りを公民館で開催した。営農組合が転作農地で作ったそばを、地域のそば打ち名人らが腕を振るった。地産地消というわけで、住民に無償提供し、二五〇食も売れるほど大盛況だった。子どもたちもたくさん参加した。地元で作ったそばを味わい、わいわいがやがや、楽しいひと時を過ごせたことがうれしい。

しかし、しばらくして、中国・武漢市で発生した新型コロナウイルスの感染が世界へ拡大、日本もコロナウイルスの波に呑み込まれ始めた。二月中旬以降、国内は既に大勢集まるイベントやパーティー、集会の自粛が余儀なくされた。

年度末に向けて、町内会主催の行事や会合が目白押しである。施設やインフラの点検、用水の泥上げ、地区の役員会、総会、安全パトロールなどが続く。年度替わりの初会合が多いだけに、懇親の場も設定されていたが、すべて中止。この先、どこまで続くのか。

地域を守るとは何か。難しく言えば、住民による「自治」を守ることだ。根底には強固な人と人とのきずな、ネットワークが存在する。コロナはそれを切り裂くのか。壊されてたまるか。

April

4月

春祭り獅子舞

今年はやむなく中止。神事のみ執り行い、コロナ退散を祈願＝射水市内、写真は保存写真

4月の出来事

4.1 安倍首相が1世帯に布マスク2枚の配布を発表

4.7 首都圏など7都府県に緊急事態宣言を発出

4.16 安倍首相が国民に一律10万円の給付を表明

緊急事態宣言を全国に拡大

激震の日——県内初の感染者

〔2020・4・1〕

四月一日はエイプリルフール。嘘をついてもいい日であることを忘れた一日だった。年度をまたいで激震が走った。三一日に届いた朝刊のトップニュースは「新型コロナ県内初確認、富山の20代女性、京産大祝賀会で感染か」。準トップは「五輪来年7月23日開幕、日本側とIOC合意」。真ん中には「チューリップフェア中止、チンドンコンクールも」。石井富山県知事は「心配していたことが現実になった。感染者が増えないよう全力を尽くすことが大事だ」と記者会見で語った。

まず、私の頭に浮かんだことは地域内の行事だった。四月二五日の春季例大祭・恒例の獅子舞中止やむなし、と確信した。全世帯への「中止案内」を準備した。その先の行事やイベントのことまで、想像が及ばない。一つ一つ、住民みんなと相談してやるしかない、と自分に言い聞かせた。

次に浮かんだのが、初の感染者との接触者と感染経路、感染拡大は必至とみた。感染者は富山市在住。コンパクトな地勢の富山県。通勤者が集中する県都・富山市。当然、富山市と隣接する私の暮らす射水市にも、感染が及ぶだろうか。

出身の北日本新聞の記者らは取材や紙面展開に長い闘いが待っている。新型コロナウイルスと背中合わせの取材は厳しいだろう。もちろん、自宅のマスクの保管状態や除菌液は大丈夫か。妻は以前から毎日、ドラッグストアを走り回っていたが……。

五輪は来年、大丈夫と信じたいが、なにせパンデミック。国内が解決しても、世界が沈静化しないと、無理だ。まさか「中止も」？　こちらは冷静に想像した。六九回目の砺波のチューリップフェア、六六回目の富山市のチンドンコンクール。砺波のチューリップフェアは三百品種、三百万本が彩る国内有数の花イベントだ。チンドンの笑い顔が消え、寂しく咲く花々。悲しい一日だった。

春祭り獅子舞——無念の中止

〔2020・4・2〕

私の町内の稲積諏訪社春季例大祭は今年四月二五日、第四土曜日に決まっている。例年、神社で宮司の祝詞《のりと》、御祓《おはら》いを受け、厳《おごそ》かに執り行われる。宮方のほか、町内の長老も集い、地域の安寧を祈り、玉串を捧げる。しかし、今年は新型コロナウイルスの感染拡大に伴い、神社をはじめ、家々を回る獅子舞が一切、中止に追い込まれた。

三月末から始まる青年団の獅子舞練習を控え、春分の日の三月二〇日夜、町内会、青年団、宮方の役員が集まった。コロナウイルスと獅子舞。胴幕の中で舞う青年団員が密閉、密集、密接、「三つの蜜」の危険に晒される。獅子舞は可能なのか。町内全戸を回れるのか等々、問題点を洗い出し、方向性を出さねば、と招集した。結論は、獅子舞は神社、公民館、お寺、各班長宅に限定し、時間短縮を図る。これなら住民の理解が得られるだろう、と案内状を全戸に配布した。

直後に、富山県内にも遂に感染者が出た。今後、増え続けるだろう。一切の獅子舞を自粛し、神事のみの中止案内を改めて、出さざるを得なかった。神事の後、いつもなら、出席者らが車座になって、奉納したお神酒をいただく。間もなく始まる田植えや地域の事などあれやこれやと、懇談するのが慣例だが、これも自粛である。記録にはないが、獅子舞中止は町内始まって以来のことだろう。

宮司の宮城澄男さんは国内でコロナ発生後、「どうであれ、神社のお祭り、地域の文化、伝統を守りたい」と力説されていた。数年来、若者の減少に伴い、青年団の存亡と獅子舞の存続さえ危ぶまれるご時世だ。青年団長は「来年は必ず全戸を回る」と頼もしい。来春の今ごろ、感染の第一波に続き、第二波、第三波に巻き込まれはしないか。神様に祈るばかりである。

地域ニュース——コロナで話題減り、大きな見出し

〔2020・4・5〕

新型コロナウイルス感染が日々、拡大する。当然、新聞の各面はコロナ関連のニュースで埋め尽くされている。地元の地方紙・北日本新聞も同様だが、半面、地域ワイド面は地域に埋もれがちなイベントや明るい話題が見えにくく、少ない分、扱いが随分大きい。今朝の朝刊の地域ニュース面のトップ記事は、竹林整備と竹炭製造に汗を流す、射水市内のボランティア団体「きららかネットワーク」の取り組みを紹介していた。

団体のメンバーに取材経緯を聞くと、地元射水市担当の記者が「世の中、コロナで暗い。何か明るいニュースがないですかね」とぶらり、里山に構える炭焼き小屋に訪ねてきたそうだ。雑談している中で、「間伐竹でヨーグルト、野菜畑の肥料に活用。ミネラル豊富甘〜く」と、トップニュースを飾っていた。コロナの影で埋もれていたニュースが陽の目を見た。

さまざまな分野に自粛要請が強まっている。役所絡みの会合やイベントはもちろん、地域の団体やNPO法人、ボランティア団体の活動にも自粛行動が及ぶ。

取り上げてもらった「きららかネットワーク」のメンバーは大喜びだったが、取材記者は支局のデスクに居座っていては、ニュースは飛び込んでこない。持ち前のフットワークと人脈、ネットワークが試される。

ニュースの扱いが大きくなった訳はおわかりだろう。紙面は確保してあるが、本数が少なく、写真や見出しを大きく、レイアウトもダイナミックになったためだ。紙面制作担当の整理記者の苦労を思う。例年なら、年度末から新年度、大勢の人が動き、活動が活発になる。早く地域の鼓動がいっぱい聞こえる、紙面が待ち遠しい。

立山連峰――神宿る山、コロナから守る?

〔2020・4・10〕

県民は富山県のシンボル、立山に神が宿ると信仰している。空気が澄んだ晴れた日、くっきり浮かぶ立山連峰に手を合わせなくても、見る者の、こころが洗われる。富士山、白山に並ぶ日本三霊山の一つである。立山は平安初期に修験の山として開山した。やがて、神仏が結合して山岳宗教が成立した。立山には「地獄と極楽のある山」という特色があるそうだ。

天平一九(七四六)年、越中国の国司として赴任した大伴家持は立山を詠み、万葉集に残した。「たち山に　降り置ける雪を常夏に　見れども飽かず神からならし」――初夏が訪れたのに、白い雪が消えゆかない。見飽きることのない美しさは、きっと神が宿る山なのだろう。家持がこよなく愛した雄姿は変わることなく、二一世紀の今日も美しさと威厳の風情がある。

新型コロナウイルス感染者が全国の都道府県に及ぶ。レッドマークの付いてない県が徐々に少なくなる。東北地方や中国地方、北陸では富山県が唯一、無感染県だった。「きっと、霊峰立山、大権現のお陰だ。もしや、唯一残るかも……」と、まことしやかに語る空気があった。

そう信じるには理由があった。富山はかつて豪雪に苦しんだが、近年は暖冬が続く。台風は本土に上陸しても、被害はほとんどない。中国地方や北九州を襲った西日本豪雨。台風に伴い、関東地方のほか、隣の長野県は集中豪雨で千曲川が決壊、大きな被害が出た。富山県は「災害の少ない安全安心な県」を売りに企業誘致や移住促進に努める。

しかし、三月三〇日、初の感染者が確認された。その後、他県と同様、徐々に増え続けた。新型コロナウイルスは隙あらば、容赦なく一気に侵入するのだ。

芸術文化の危機――日本とドイツの違い

〔2020・4・11〕

バイオリニストや声楽家、俳優や女優、演出家や美術作家は文化芸術の主役である。今夏、富山市で上演予定の超大作ミュージカル「ミス・サイゴン」が四月早々、新型コロナウイルス感染拡大で公演中止の案内が届いた。一九九二年の帝国劇場でのロングラン公演から続くヒット作。地方公演は珍しく、楽しみにしていた。舞台芸術の華は名優たちの演技だが、舞台を支えるのは照明や音響などのスタッフ、キャストだ。一つの公演には何十、何百人が関わっている。

新型コロナウイルスの感染拡大に伴い、「ミス・サイゴン」同様、大小の舞台演劇（芸術）が中止になった。発表の場を失った芸術家はむろん、スタッフには支払う金が入ってこない。半面、会社勤めの場合、会社が存在する限り、多少の給料が入る。そう考えると、日本中の舞台裏のスタッフにはこの一年、おカネが入らない可能性がある。スタッフらはフリーランスと位置づけられ、特殊の技能・技術を備えており、代わりが利かない。

こんな時、ドイツ・ベルリンで活動する地元・射水市出身のオペラ歌手、澤武《さわぶ》紀行さんの北日本新聞「コロナ禍ドイツレポート」を読んだ。――ドイツ政府は二月中旬、感染対策上、劇場やオペラ座、コンサートホールなどを閉鎖すると発表した。同時に「芸術の灯を消すな」とフリーランスの芸術家に生活のため、助成することを決めたという。素早い対応だった。

「ドイツをはじめヨーロッパでは、芸術文化は社会全体で守るべきという共通認識がある。日本では中止という事実のみが取り上げられるが、その背後に芸術家の生活、人生があるということを考えるべきでないか」。澤武さんの訴えは重い。

哀れ旬の幸――タケノコよ、海の幸よ

〔2020・4・22〕

射水市黒河地区はタケノコの産地。四月になると、市内のスーパーに地元産の、旬のタケノコがお目見えする。地区の道路沿いには簡易な出店が並び、「黒土で育った、黒河のタケノコおいしいよ」とおばさんらがドライバーに声を掛ける。ニョキニョキと、地面から顔を出したタケノコは旬ではない。地上には爪ほどの頭だが、地中では丸々と太っている。これぞ旬のものだ。

縁あって、親が買い求めた竹林にここ数年、整備を兼ねて、通い続けている。例年、私の妹や友人らはタケノコ掘りを楽しみ、段ボール箱にどっさり詰め、ニコニコ顔で持ち帰っている。

今年も声掛けした。タケノコ掘りもいいけど、竹林に吹く風が好きだ。竹の葉にそよぐ春風は、体とこころの疲れを癒す。タケノコ掘りを終え、腰を下ろして、友人との会話を楽しみにしていた。だが、今年は予期せぬ事態が起きた。友人が竹林に向かおうとしたところ、娘さんから「コロナウイルス感染拡大で外出自粛の事態の中、駄目だ」と制止されたそうだ。来年にお預けになった。

妹がいつも楽しみにしている、タケノコを家に持ち帰り、東北の娘に「タケノコを送るよ」と電話した。返す言葉が「富山はコロナで感染者がいっぱい。いらない」と拒絶された。タケノコにコロナウイルスが付着？　と敬遠したのだろう。タケノコに罪はない。県外ナンバーばかりか、県の特産物も追い出される始末である。

富山の海の幸と言えば、ホタルイカやシロエビだ。高級品で都会の人には珍重される。料亭からの注文が多い。されど、今春は飲食店の営業自粛で買い手がいない。スーパーでもたくさん並ぶが、売れ行きが悪い。よりによって豊作、豊漁だった。哀れ、タケノコよ、海の幸よ。

スペイン風邪の記憶——木札は語る、相撲大会中止〔2020・4・23〕

百年前、世界中に猛威を振るったスペイン風邪。本日の北日本新聞の地域版に当時の様子がうかがえる「木札」が見つかった、と報じていた。

砺波市内の桑野神社の奉納額の裏側から出た木札は、「悪疫流行之為中止　大正九年八月一六日」と書いてある。明治から昭和のころ、毎年、この地域の境内で相撲大会が開かれていた。上位力士を大関として、顕彰した木製の名札が約八〇枚飾られている。ところが、大正九（一九二〇）年の大関の名札が見つからない。そのころ、スペイン風邪が流行して三年目。国内で約四〇万人の死者が出たという。宮司は「とても相撲大会を開くことができなかったのでは……」と推察する。

記録によれば、スペイン風邪はA型インフルエンザ。一九一八年春に米国と欧州で、世界中に広まった。患者数は世界人口の25％から30％、死者数は二千万とも四千万ともいわれる。日本でも三度の波が襲った。当時の日本の人口は約五七〇〇万人、患者数は二三八〇万人と推定。スペイン風邪が第一次世界大戦の終結につながったという。

当時の新聞（東京朝日新聞）によると、国はマスク着用、うがい、室内の換気や掃除、患者との距離を注意。大勢集まる場所への出入りは「芝居、寄席、活動写真などに行かぬように」「電車には乗らず、歩くように」と自粛を呼び掛けている。テレビやインターネットがない時代。まちや会社内に注意を促すポスターが張られた。注意事項は現代のコロナ社会と変わらない。先の宮司は「スペイン風邪の被害は今のコロナ以上に深刻だったのでは……。遠い昔のことだとは思えない」と話す。

ソーシャルディスタンス――「言葉」を失わないで……

〔2020・4・24〕

ソーシャルディスタンス。世界中で通用する言葉だ。ソーシャルは社会、社交。ディスタンスは距離を置くことを意味する。コロナ社会は「他者との距離」が求められている。

三月下旬、射水市内のコストコへ出掛けた際、入り口から外に長い行列が続く。駐車場の混み具合の割に異常な客数に見えた。店内に入ると、曲がりくねった一本の長蛇の列。しかも二メートルほどの距離を保つよう、従業員が指示する。レジに近づくと、「あなたはこちらへ」と六、七か所あるレジに分散させる。初めて遭遇したソーシャルディスタンスだった。

以来、県内のスーパーなど、レジの前はどこもソーシャルディスタンスだ。密閉、密集、密接の「三密」も定着した。「家にいなさい」「不要不急の外出はいけません」。人との距離をとることで新型コロナウイルスの感染を防ぐ。イギリスでは公の場で三人以上の集まり、公共交通機関での不要な移動が禁じられている。違反した場合、一回目は六〇ポンド、二回目以降は倍増という厳しい罰則が科せられる。日本では「三密」の代表格、パチンコ店がやり玉に挙げられた。

もちろん、地域の会合は例外ではない。三月中旬、定例の射水市社会福祉協議会の会合に出席した。会議室に入ると、隣の席と二人分ほど離されていた。おやっと思ったが、既にソーシャルディスタンス、「三密」を先取りしていた。むろん、会合は無言というわけにいかない。出席者は令和二年度の事業計画について、引きこもり対策や福祉と商工業との連携活動など、活発に意見交換した。「他者との距離」を置いても、他者とのコミュニケーションを維持したい。聞く、話す、書く。言葉はコロナに殺されてはいけない。

コロナ死——死に目に会えぬ心痛　〔2020・4・25〕

タレント、俳優の志村けんさんと岡江久美子さんが相次いで亡くなった。ともに新型コロナウイルスによる死亡だった。多くのファンに愛され、親しみのある二人だけにショックが大きい。有名人のコロナ死で多くの国民はコロナの怖さを我が事にように、受け止めたのではなかろうか。

衝撃的な出来事は親族が入院後面会できず、遺体にも会えなかったことだ。荼毘に付され、遺骨を抱き、カメラの前で深々と、お辞儀する姿を見て、遺族の無念さが伝わる。同時に「こんなことがあっていいのか」と複雑な思いを抱いた人も多かったはずだ。

死は突然、やって来る。末期のがんを宣告され、一、二か月後に亡くなる方がいる。一方で、さっきまで元気でいた隣の人が事故や事件に巻き込まれ、死ぬことだってある。昨今の地震や台風に伴う豪雨による土砂崩れ、深夜に堤防の決壊で濁流に流されることだってある。人間誰しもが死と背中合わせで生きているのだ。

一般の遺体とは異なり、コロナの死亡者の遺体から感染の可能性がある。通常、二四時間以内に遺体を火葬することが法律で禁じられている。万が一、息を吹き返すことがあるかもしれない。半面、コロナ死の場合、感染防止の観点から、二四時間以内に火葬されるケースがある。葬儀屋の判断もあるが、火葬即葬儀や、遺体を前にしての葬儀場の通夜、葬儀は難しい。とはいえ、「感染防止の対策の上、支障がなければ、遺族の意向を尊重する必要がある」との国の指針があるという。

コロナに苦しむ世界に目をやれば、火葬場が満杯のため、多数のコロナ死の遺体が路上に転がる、他国の映像が流れた。コロナ死の遺体の扱いには注意が必要だが、かの国では死にたくない。

地域医療の崩壊——マンパワー不足心配

〔2020・4・26〕

新型コロナウイルスの感染が拡大する一方だ。感染者受け入れの病院に空きベッドが次々に埋まる。医療現場のマスクや防護服が不足するニュースが信じられない。戦場で鉄砲や槍はあるが、鎧や兜、馬が無いようなもの。感染病棟内で「薬や医療機器はあるが、裸のまま仕事をしろ」と命じられたようなものだ。それどころか、危険な現場では働けない、と去っていく看護師もいるそうだ。コロナ後、医療現場のマンパワー不足が心配だ。

富山市民病院ではクラスター（感染者集団）が発生し、看護師や患者らが陽性となり、接触の恐れのある医療スタッフ約二〇〇人が自宅待機に追い込まれた。外来も休止した。近隣の公的病院からの応援を得て、急場を凌ぐ。医療崩壊寸前だった。

一五年前の北日本新聞のキャンペーン「いのちの回廊」を思い出した。地方の公立病院で常勤医が潮を引くように減っていた。「産科の医師が不在」「脳外科が患者入院を中止している」「小児科は非常勤医」——。医療圏ごとに点在する公立病院が悲鳴を上げていた。背景には新医師臨床研修制度があった。地方の公的病院に派遣していた、若い研修医らが大都市部の病院に流出したためだった。

今また、厚生労働省は経営状況を盾に、地方の公的病院の再編統合をもくろむ。朝日町のあさひ総合病院では高齢者医療の先進モデルを目指し、二〇一九年春から人材確保や経営改善に取り組み始めたころだった。それだけにショックが大きかった。

イタリアや中国武漢市で病院内にあふれるコロナ感染患者。感染状況が違うため、「日本は安全」とは断言できない。コロナが蔓延する日本。常態化する「地域医療のお寒い実態」がよみがえる。

首長よ――政治家か、行政のトップか

〔2020・4・27〕

「富山の知事はお年寄りだけど、頑張っているね」「いや、他県の知事のように顔を上げ、明確な言葉で発信してもらいたい」……。地域で暮らす県民は知事や市長、首長の顔を直接、見ることは滅多にない。それこそ四年に一度の選挙戦か、たまたまイベントに参加し、姿をチラッと見ることぐらいだろう。まして、マスコミ各社の前で記者会見する知事の表情を、凝視するなど有り得ない。

新型コロナウイルス感染拡大で知事会見が何度か、テレビ中継された。コロナ同様、異常なことだ。現役記者時代、記者会見には何度も臨んだが、テレビ中継など無いが、記者との質疑応答はネットに流れる。記者会見と言えば、小池東京都知事や吉村大阪府知事以外にも北海道、神奈川、埼玉、和歌山、愛媛、兵庫県など多くの知事がテレビに出演する機会があった。

記者の質問力にも採点が下ったはずだ。「もっと厳しく質してほしい」と感じた視聴者がいたかもしれない。緊急事態宣言や終了宣言、出口戦略など様々な判断基準を巡り、バトルが繰り広げられた。なにせ、知事には地域で共に生きる、市民のいのちと暮らしを守る責任がある。国の判断や指示に従いたいなど、のん気なことを言っておれない。今は乱世ならぬ、現存する国民の誰一人として経験したことのない非常事態下なのだ。

一般的に知事など首長は、制度的には行政機関のトップ、特別公務員だ。一方で、選挙で選ばれた政治家である。コロナ対策を巡り、厳しい局面で「ここは専門家ではなく、政治が判断すべきだ」――こんな意見が相次いだ。この非常時、真に政治家かどうか、試された。市民はとっくに「採点」を下していると思う。

安心の「証明書」――検査は誰もが、いつでも

〔2020・4・28〕

アルベール・カミュの『ペスト』を読んだ。一九四七年に発表され、ノーベル文学賞を受賞した大作。日本ではコロナと格闘中、本は増刷中でベストセラーという。

ページをめくると、舞台は架空の都市、アフリカのアルジェリア・オラン。医師のベルナール・リウーは若き新聞記者・ランベールからある「証明書」を書いてほしい、と懇願される。ランベールはパリに妻を残し、たまたま来た町でペストに出遭った。だが、都市封鎖に遭い、パリに戻れない。そこで脱出するため、リウーに「私はオランとは無関係な人間だ。証明書を書いてほしい」と頼むが、それは無理だと断られる。

この場面、現代の日本、世界と変わらない。中国・武漢市の封鎖（ロックダウン）で警察官がバリケード前で監視する。日本では都市封鎖こそないが、繁華街や公園で警察官や監視員が巡回する。会社出勤の自粛要請も〝自宅監禁〟を命じたようなものだ。自分は感染者とは自覚していない。ウイルス保有者だが、発症していないかもしれない。ならば、役所から「陰性の証明書」を発行してもらうことが可能なら、近県やふるさと、職場にも行けると、考える人がいるだろう。実際、神奈川県川崎市の相談センターに「症状は出ていない、陰性を証明したい」という相談が増えているそうだ。

県内でコロナ感染者が見つかって以来、例えば、射水市で確認されると、その日のうちに「どうも〇〇町内の××店ではないか」。別の人からは「いや、▽▽町内では？」とデマが飛ぶ。今は病院や高齢者福祉施設なら施設名が公表されるが、個人の場合、プライバシーが優先される。当然の措置だ。いっその事、誰もがいつでも、希望に応える検査態勢ならば、安心度が増すのだが……。

コロナとクマ——環境破壊の果て　〔2020・4・29〕

新型コロナウイルス感染拡大に合わせたかのように、富山県内の平野部にクマ（ツキノワグマ）が相次いで出没、襲って来ないか住民らが警戒し、外出を控えている。「コロナに加え、クマまでも——」と嘆くが、クマとコロナウイルス、無関係とは言い難いのでは、と想像した。

二〇〇四（平成一六）年秋、かつて聞いたことがない、大量のクマの出没が年末まで続いた。県民二四人が死傷した。山中でクマに出くわしたのではない。クマが棲む森林（奥山）から里山（丘陵地）を越え、市街地まで踏み入れ、無警戒の住民を襲ったのだ。高度経済成長期から多くの住民は里山を棄て、まちへ出て行った。森林も里山も荒れ出した。クマの出没は四年以降も続く。

日本中の里山が荒れ、クマが生息する各地で出没した。動物が人間を襲う現象はアフリカ・ケニヤでもあった。住民らはゾウが棲む森の木々を伐採、代わりにマツやスギ、ユーカリなど商品性の高い樹木、単層林に切り替えた。

新しい森林はゾウが棲めない環境に変わった。エサとなる動植物が育たない。行き場を失ったゾウたちが近くの集落の畑と住民を襲い始めた。ノーベル平和賞を受賞したケニヤのワンガリー・マータイさんと出会い、縁を得た記者が現場ルポしてから一五年経つ。

地球上のあちこちで人間は森林を焼き、大規模農場に変え、どんどん奥まで入り込む。あるいは生活の場・都市に造り変えた。人間の都合の果て、地球の気温は上昇し、気候変動の危機を迎えている。ウイルスは森林の動物たちに潜む。森が都市化されれば、ウイルスの宿主・動物と人間が背中合わせで暮らすことになる。人間にとって当然、感染症リスクの高い地球に変貌した。

クマとゾウ。地球の環境破壊と気候変動。コロナウイルスが侵入する起因は身近にあるのだ。

May

5月

里山に広がる竹林
竹林の蜜を避けるため、伐採する。射水市黒河地区のタケノコはおいしい

5月の出来事

5. 4 緊急事態宣言の期間を31日までに延長
5. 14 首都圏などを除く富山など39県の緊急事態宣言を解除
5. 25 緊急事態宣言を全面解除
5. 29 富山県が外出自粛・休業要請を解除

おくやみ欄——葬儀は終了しました

〔2020・5・1〕

北日本新聞の生活情報「おくやみ」欄。県内で亡くなられた人の速報のページである。多くの読者はこの欄を確認し、一日が始まる。地方紙のほとんどが設けている。前日まで役所に届いた死亡者名、死亡日、年齢、住所に加え、通夜と葬儀の日時、場所、喪主が記されている。届けた遺族の了解を得て、役所が新聞各社に情報提供している。中には、掲載お断りの遺族もいる。

「おくやみ」欄はいつごろ、始まったのだろうか。私が一九七四年、入社したころ、掲載内容は亡くなられた方の名前と年齢、住所ぐらいと記憶する。その後、読者の要望に応え、平成に入り、しばらくして現在の様式に進化した。同じ地域で暮らす者同士の親戚、知人、友人。さまざまな、しがらみの中で生きている地方の人々。都合がつけば、参列する。

近年、「おくやみ」欄に変化が表れた。葬儀前の掲載を伏せ、葬儀を終え、しばらくして「死亡案内」を告知、ただし、（葬儀は終了しました）という記述が目立つ。その大部分は高齢者、七〇～九〇代の死亡者である。当然、参列者も高齢になる。遺族はあえて速報を控えた、と推察する。中には、生前に掲載を控えたい本人の遺志もあっただろう。

コロナウイルス感染拡大につれ、「おくやみ欄」は申し合せたように一変した。死亡者、死亡日、喪主の後、末尾に（葬儀は終了しました）のパターンが主流になった。参列したいのは山々でも、葬儀会場は、ウイルスが参列者に感染する条件が揃う。「三蜜」や「ソーシャルディスタンス」が頭をよぎる。遺族と参列希望者の思いが通じ、「葬儀は終了しました」になったのだろう。想像するに、コロナ終息後も、市井の人々の、普通のスタイルとして定着するかもしれない。

コロナ世代——今考える時

〔2020・5・2〕

コロナウイルスの感染拡大で学校が休校状態である。とりわけ、大学に進学した新入生は、学業やサークル活動など新たな学生生活を夢見ていたことだろう。出鼻をくじかれ、茫然自失の日々を過ごす若者もいるだろう。

私は一九七〇年、地元の地方大学に入学した。前年は大学紛争が最も激しく、東大安田講堂で全共闘学生と警察の攻防が繰り広げられた。国公立大・私立大を問わず、日本中の学生が大学紛争に巻き込まれた、いわば全共闘世代だ。入学式の日、学生のデモや火炎瓶が飛び、校門にバリケードが張られ、入学式は中止になった。四年後に卒業したが、卒業式は紛争の影響を受け、無くなった。

コロナ社会と比較できないが、毎日授業を受け、勉強する環境には程遠く、各自、どこで何を考え、何をして過ごしているのか、よく分からない学生生活だったことを思い出す。ただ、思い出すのは一人専門の経済学や会計学の教科書を広げても、頭に入らなかった。ある意味、世の中は世界や国家、政治社会の問題で大学も、学生たちも混乱し、揺れていた。

当時、ぼんやりと理解したことは世界や日本、国家、人間について学び、語り合うことが等しく、学生のテーマだった。いろんな本を読み漁り、議論したのも、この時代だった。

コロナ問題は世界中の問題である。現代社会は今後、どうあるべきか。政治、経済の仕組み、社会の有り様、何よりも生き方が問われ、大きく変わる可能性がある。人と対話し、自然に触れ、本を読み、自分と社会を見つめよう。既存の社会に順応するのではなく、将来、「コロナ世代」と呼ばれる君たちは間違いなく、主人公になるだろう。

デマ、中傷――隣人を思いやる心を

〔2020・5・3〕

富山県内で三月三〇日、初の新型コロナウイルスの感染者が確認された。薄氷を踏む思いで過ごした県民も、「やはり富山も」「今まで感染者が出ないのが不思議だった」とさまざまな思いで受け止めた。

第一号の感染者（学生）は、県と富山市で発表された。関西の大学生グループが発症源だと判明する。次々に感染者が増え、感染経路が判明した。以降、県内にクラスターが幾つも生まれた。保健所に課せられた最大の任務は、感染者の行動歴を突き止めることである。そのためにも、発症者や検査対象者のプライバシーを守ることが必須条件だ。協力を得ないと、断ち切ることができないのだ。

私が暮らす射水市内でも後々、感染者が出た。「あなたの町内に陽性者がいるのでは？」「どうも○○の店が怪しい」――。こんな噂やデマが飛び交った。小さな地域だ。顔見知りが多い。瞬時に何軒かの店を思い浮かべてしまう。何の根拠もないのに……。地方で暮らす限り、一人ひとりのつながりをたどれば、縦横無尽の知人、友人、親戚みたいな人間関係で結ばれている。そんな地域内のデマは疑心暗鬼になる。その結果、本人や家族に向けた差別的な誹謗中傷に発展しかねない。

うわさ程度ならいざ知らず、県内でもネットの掲示板や会員制交流サイト（ＳＮＳ）には、心ない書き込みが目立つ。いつでも、どこでも、自分を含め相手を選ばず、コロナウイルスは襲ってくる。暴力的な差別的発言はやめよう。お互い痛みを分かち合い、隣人を思いやる。ここは、やさしい風土を培ってきた田舎（地域）ではなかったか。

不要不急の生活――日常がシャットアウト

〔2020・5・4〕

友人に久しぶりに会うと、「元気かい、仕事はどうだい」と会話が弾む。私は会社勤めや事業を営んでいないため、原稿の執筆や講演依頼がない限り、仕事らしい仕事はない。以前、依頼された自伝執筆の二件も、一件は依頼主の家庭の事情、もう一件はコロナの影響を受け、中断したまま。友人に近況を聞かれても、「日々、不要不急の生活です」とこたえる。

特段、仕事が無いのは致し方ないにしても、文化や芸術、スポーツイベントに中止が求められ、美術館やスポーツ会場、映画館、公園、図書館も閉鎖され、堪えられない方が多いだろう。気晴らしにドライブにでも、とハンドルを握り、うっかり県境を越えれば、「県外ナンバー」ゆえに追い返され、石を投げられる危険が付きまとう。

この「不要不急」の生活。何気ない、当たり前だった行動、生活がすべてシャットアウトされた。これが続くと、人間はどうなるのだろう。自分の事ながら、不安にもなる。考えてみれば、これまでも何かにぶち当たり、悩んだ時、本屋や美術館、公園、ドライブに出掛けるなど気晴らしが栄養剤になった。今は本を手に取り、読む生活が一番と心得、せめて書店に通い、コーヒーを飲む日課なのだが……。「不要不急」に反する行動を、非難や暴言、ネット上での中傷をやめてもらいたい。

コロナとは、人生とは、現代人の生き方は……これでいいのか。青春時代に戻ったように真面目に考えさせてくれる。解剖学者の養老孟司さんが他紙で自身の人生を振り返り、「人生は本来、不要不急ではないか。ついそう考えてしまう。老いるとはそういうことなのかもしれない」と語る。奥深い言葉である。

命懸けの従事者――想像したい医療現場

〔2020・5・5〕

　連日の新聞各紙やテレビ映像は、感染者の動向や検査・医療態勢の問題点を指摘している。コメンテーターや解説者は毎度同じメンバー、各局をはしごする専門家もいる。不思議なことに、逼迫する医療や検査の最前線・現場の映像、生々しいルポ記事にお目にかかれない。その代わりなのか、稀に現場の医療従事者との電話インタビュー記事に気付いた。

「電話ではなく、現場へ行け」と、取材記者を責めているわけではない。感染ウイルスと背中合わせの現場へ入れるわけがない。許可が出ても、完全防護服の着用が必要だし、不足するそうした装備を準備することが困難なのだろう。災害現場とは異なり、見えないウイルスの中へ、〝突入〟させることにマスコミ各社は逡巡するに違いない。

　カミュの小説『ペスト』を読むと、医師や下級役人、新聞記者、神父ら、どの登場人物も普通の市民、市井の人々である。読み終えると、ヒーローやヒロインはいないことに気付く。主人公と言える人物は不在なのだ。小説の終わりにカミュは一人の医師に「病気が収束すれば、みんな忘れてしまう。だからこの手記を書き残すのだ」と語らせている。

　一人ひとりの力は小さいけれど、みな謙虚でかつ命懸けだ。どんな些細な事柄でも、患者を治すことに集中し、自分ができることをする。まさに「明日の希望」を信じて、ペストと格闘している姿を描いている。

　現代の、世界の、日本の、地域の医療従事者たちが、今ある限られた医療資源の中で、必死で格闘していることを想像してみたい。

世界と富山――アフターコロナのリーダー

〔2020・5・6〕

富山県は一〇月、知事選を迎える。自民党県連が推薦してきた保守系の現職は、五期目に意欲を示す。もう一人、保守系新人がいち早く意欲を示し、既に運動を開始した。保守分裂を避けたい県連はどちらかを推薦し、一本化したい構えだ。県民サイドに立てば、コップの中の選考劇は何とももどかしい。リーダーを選ぶ主人公は県民だ。出たい人同士、競えばよいのだろうが、政治の世界では独特の理屈が幅を利かせる。

地方政治のもめ事から世界へ目を移すと、コロナ対応でリーダーたる者はこうも違うのか、と学んだ。米国のトランプ大統領や中国の習近平主席は己のみを意識したリーダーだろうか。待ち受ける大統領選、自国第一主義を掲げる。習主席は感染拡散の責任を負わず、覇権を狙う。両氏に共通するのは「強いリーダー像」だ。言葉は激しく、国民に向け、「大丈夫だ」と喧伝する。

一方、ドイツのメルケル首相は違った。「私も心配だ。私は弱い」と子どもにも分かりやすく、移民や難民、外国人にも「共に暮らす市民」として語った。日本の首相や知事らが感染者数や死者数を示し、「もう一息」「厳しい局面だ」と引き締め、ひたすら協力を呼び掛ける会見を見るにつけ、米ニューヨーク州のクオモ知事は違っていた。非常時のロックダウン、爆発的な感染者数……。「これは数字じゃない。具体的なお母さんやお父さん、おじいさんだ」と語った。「強さ」ではなく、むしろ、市井の、市民目線でコロナと闘い、危機を乗り切った。

世界も地域でも、一人のリーダーに従うのではなく、国民や市民の思いを抱き、共に歩み、語れるかどうか。「アフターコロナ」のリーダー像ではなかろうか。

窓の向こう――気になる車はどこへ

〔2020・5・7〕

会社に勤めていたころから毎朝、自宅台所の窓の向こうに見える、車の流れを眺めた。富山・高岡両市を結ぶ、幹線道路・国道8号が望め、渋滞の按配《あんばい》が読めた。交通事故や予期せぬ降雪の様子からして、渋滞が進行中と想像すれば、出勤を早め、時にはマイカーを諦め、電車に切り替えた。コロナ生活の中、窓の外の車列が再び、気になるこのごろである。

ゴールデンウイーク明けの五月七日木曜日は前日までと比べ、車の数が増えた。それでも「以前の日常よりやや少ない」と富山市内の会社へマイカー通勤の家族が余裕を持って家を出た。

コロナ感染拡大で緊急事態宣言が出て、政府や県は不要不急の事柄、行為を控えるよう国民に要請した。「ステイホーム」という言葉も浸透した。国語辞典には不要不急とは、さしあたっては必要ではない、急いでする必要がないこと、とある。政府は急ぎの必要な行為は病院での診察や薬局、スーパーでの買い物などを例示するが、なお緊急事態宣言下、職場に向かう人々は不要不急の要請を無視してまで、外出する人たちではない。まさかパチンコ店へ向かう車列ではあるまい。

国は企業にテレワークを要請する。だが、それに類する層はごく一握りの大企業や管理職、いわゆるホワイトカラー層だろう。それに反し、現場労働者は大勢いる。地域経済、市民生活を支えている人々だ。建設や運送、食品、給食、飲食、生活用品、介護福祉、環境衛生、役所。もちろん、医療従事者だって、自宅で仕事をこなすことは不可能だ。それを無視して、「外出を少なくとも七割、できれば八割減らしたい」と数字だけ掲げ、結果、「もう一段協力して頂きたい」とお願い口調が続く。車列を眺め、明確な業種や会社ごとの基準、目標設定がないため、釈然としないのだ。

もう夏なのに……——季節の感知能力奪われた?

〔2020・5・8〕

朝、庭先に出ると、淡いピンクの花々が咲いていた。桜の花の狂い咲きかと一瞬、疑った。同じ場所に桜の木が植えてあるからだ。よく見ると、一つ一つの花弁がピーンと張り、しっかりしている。ハナミズキだ。その側で、大きな真紅のボタンの花が一つ、誇らしげにハナミズキの枝に寄り添っている。もう初夏である。

カレンダーを見ると、立夏は過ぎていた。今も昔も、ゴールデンウイークの年中行事である田んぼの田植えも終わった。風が吹き、水田《みずた》は青空に浮かぶ雲を映し、波打っている。

例年だと、新聞には「きょう立夏」と見出しの付いた記事と、季節の花や田植え、元気に泳ぐこいのぼりの風景写真が掲載されている。記者時代の若いころ、こんな「絵とき記事」を何度か書いた。今年は見掛けなかった。取り置いた新聞を開くと、五日の「こどもの日」には、閑散とした高岡おとぎの森公園の写真。見出しは「ドラえもん寂しげ……」とある。園内のドラえもんの置物の周りには、子どもたちは皆無なのだ。

年年歳歳花相似たり、歳歳年年人同じからず。年ごとに人々の姿、顔は変わるけれど、巡る季節に咲く花々や自然の風景は変わらない。新型コロナウイルスが知れ渡ったのは冬だった。コロナウイルスが日常の営み、季節の移り変わりなど、人間の感知能力を奪ってしまったのだろうか。

コロナに負けるな。今が我慢時だ、と安倍首相や感染症の専門家らが叫ぶ。「我慢、我慢」と自分に発破をかけるのではなく、季節の中でこころを柔らかく、自然体に生きることがコロナウイルスに克つ秘策かもしれない。

ポストコロナの世界――地域の一人ひとりが変える　〔2020・5・9〕

日々のニュースを追うだけでは本質が見えない。新聞各紙や月刊誌を開く。カミュの『ペスト』を読む。テレビの報道、特集番組も見る。感染症学者、国際政治・経済学、社会学、歴史学者。世界を歩く、ジャーナリストや論客はいろんな角度から語っている。「なるほど」と納得するも、浅学菲才なわが身。想像力を持って具体的に描くことが難しい。

現下のコロナの世界は、大津波と原発事故を引き起こした東日本大震災、一国内の大災害の規模ではない。あの時、「日本は価値観を転換し、変わる」と論客は説き、多くの日本人もそう考えた。だが、どうだろう。言うまでもない。

世界中の価値観が変わるのか。それぞれの国がどう受け止め、新たな世界観を描き、国際社会を目指すのか。日本人は未来を想像し、コロナと闘いながら、歩み出し、新たな価値観を創り出せるだろうか。これは一人のリーダーや政治家、官僚たちの任務ではない。それだけは間違いない。

ペストの時はどうだったか。一四世紀に制御不能な世界的大流行、パンデミックを起こした。この感染症が世界を変えたことを学んだ。例えば、中世の西ヨーロッパの農村では農民はみな働き、領主に年貢を納め、残りを分け合った。だが、ペストによる大量死で労働者が極端に減った。領主は農民に土地を貸し出すと、農民は自由に広大な土地に羊を飼い、麦や豆を作るなど効率を意識し、行動した。後に羊毛を扱う毛織物産業が生まれた。資本主義、自由主義経済の発祥はペストだった。

どこかの大富豪や貴族、牧師が指示したわけではない。農民らが苦し紛れにどん底から這い出そうと、産み出した知恵なのだろう。そう思うと、今、地域の一人ひとりが考え、想像して変える時代である。

基準と目安——滞るPCR検査

〔２０２０・５・10〕

　知人の娘さんが富山県内の保健所で働く。連日、深夜まで働き、帰宅するが、早朝に出勤する。母親も当人も、「こんな激務は初めて」と、くたくただ。母親は娘が倒れないか、心配する。食事にも気を使う。詳細を話さないが、娘は新型コロナウイルスのPCR検査相談に従事している。働いても、働いても追いつかない。

　県衛生研究所や保健所の相談・検査は大変だ。かといって、検査希望者は相談センターがあって判断し、怪しい人を保健所へ回すわけでもない。この激務は保健所に相談が殺到しているためだけとは言い切れない。病院での検査データの入力と再確認などが重なっているのだろうか。保健所が疲弊しているのは、元々陣容が整っていない、受け入れのキャパが小さい、と察しがつく。かつての地域ごとに張り巡らせた保健所の行革、統廃合の影響でなかろうか。

　厚労省は実態をつかみ、ようやく現状を打破せねば、と思ったのだろうか。感染の有無を調べる検査態勢を拡充するよう、具体的には都道府県に要請、医師会による検査センターの設置を促す。新潟県で早々に始めた、ドライブスルー方式も容認した。医療崩壊を防ぐためにも、検査態勢の拡充が不可欠である。

　ゴールデンウイーク明け、厚労省は相談・PCR検査を受ける際の「基準」を「目安」と改めた。検査の厚労省の表記には「三七・五度以上の発熱が四日以上」と表記してあり、この部分を削除した。PCR検査は保健所を経由し、感染の疑いがあれば、専門外来を受診した。当初から国内の検査数が少ない。政府側は高熱なのに検査できない元凶は、暗に基準にこだわった保健所や国民が悪い、と決めつける。これでは職員の激務は何だったのか。

空間の分散化——ビルごと地方移転を

〔2020・5・11〕

コロナ社会でテレワークが関心を集めている。パソコンやタブレット端末を活用し、自宅や共有オフィスで仕事をすること、という。「ｔｅｌｅ」（遠くで）、「ｗｏｒｋ」（働く）を組み合わせた造語だそうだ。仮に新聞記者の執筆は多少可能だが、肝心の取材は「現場」である。私は今会社勤めを辞め、自宅で執筆するスタイルのため、特段新鮮味を感じない。しかし、そうではなく、大勢のサラリーマンが一斉に会社オフィスから離れるから、テレワークである。

一般の会社勤めではなく、育児や介護の両立、通勤が難しい障害者、災害が起きた時の手段として役立つだろう。リモート会議を導入すれば、顔を突き合わせなくても、十分コミュニケーションをとれる。いわば働き方改革の有力な手法として、もっと推進すればいいし、恐らく浸透するだろう。

だが、都心のオフィスを離れるにはハードルがいくつもある。現実はテレワークが可能な会社はそうない。大企業、管理職、ホワイトカラーが対象になる。中小零細企業、営業回りや現場仕事、一気にテレワークを導入するには準備不足であろう。もちろん、現場での仕事を放棄すれば、会社が回らない。富山県内でも一部、テレワークを導入した職場はあるそうだが、一部の大企業、役所ぐらいである。

小池東京都知事は朝夕の東京駅周辺の混雑ぶりを見るにつけ、「ステイホーム」「気を引き締めて」と呼び掛ける。前週との人手の数を比較し、一喜一憂する。一千三百万人、東京はすべてが大きく、多過ぎる。コロナに限らず、一大非常時がいつか、また東京を襲うだろう。オフィスビル内の分散ではなく、地方へビルごとの分散を推進したらどうだろう。

首都機能——再び移転論議を 〔2020・5・12〕

テレワークによる職場空間の分散化から、企業やオフィスビルがひしめく、東京の都市機能分散を想像した。職場の「三蜜」同様、満員の通勤電車を回避できる。自宅に籠り、パソコンに向き合うのなら、住まいは日本のどこでも良いわけだ。つまり、一極集中から地方分散の推進である。何も新しい発想ではない。かつての高度経済成長時代、過疎（地方）と過密（都市圏）を解決する処方箋が何度も打ち出された。

古くは、田中角栄首相の高速道路網と新幹線網を整備し、国土の均衡ある発展を掲げた「日本列島改造論」。大平正芳首相は「田園都市国家構想」を打ち上げた。都市と田園地帯の交流を促し、二〇万都市を地方に幾つもつくる。雇用の場を設け、住まいは地方の田園という発想だった。

首都機能移転構想の先導役は、東京一極集中と危機管理の分散を狙いに一九九二年、「国会等の移転に関する法律」が成立した。候補地が挙がり、いざ具体化へ動き出すと、霞が関の抵抗が激しく、立ち消え。この法律を知る国会議員は、どれほどいるだろうか。自治体の生き残りを賭けた平成の市町村合併。一時的な財政の窮状を脱しても、地方の人口減は止まらない。それどころか、過疎化が加速し、まちなかのシャッター街化、商店や住宅の空きが目立つ。そこは移転の受け皿にもなる。

新型コロナウイルスの感染拡大に伴い、全都道府県が緊急事態宣言の対象に指定された。近々、感染者が少ない地方を中心に解除されるだろうが、東京、神奈川、埼玉、千葉は予断を許さない。感染症や地震など災害に弱い東京。首都機能移転を思い起こしたい。日本の「ポストコロナ」は日本の政治、経済、社会構造、日本人の暮らしが激変するだろうか。

今こそ地方分権——見えた決められない政治

〔２０２０・５・13〕

今年のゴールデンウイーク（ＧＷ）は異様だった。新型コロナウイルス感染拡大で政府も自治体も、不要不急の外出自粛を求め、「ステイホーム」「ステイホームウイーク」と叫んだ。

ことに地方出身者が多い東京圏の市民に向けて、政府担当者は「ふるさとへ帰るな」と言わんばかりである。地方への感染拡散を恐れてのことだ。移動控えは理にかなっている。むろん、受け入れ側の地方も同調した。例えば、富山県内で神戸ナンバーの知人は、車の後部に「私は富山県在住者です」とステッカーを貼っていた。嫌がらせ、危害防止のためである。

「ふるさとへ帰るな」。しかし、この叫びは地方で暮らす者にどこか、腑に落ちない。本来、国は一極集中の東京圏から地方への移住を求め、各県は移住を歓迎し、受け入れに懸命だ。思えば、安倍首相は二〇一四年九月、地方創生担当大臣を設けるなど「地方創生」を掲げた。日本は人口急減時代に突入し、やがて一億人を割るが、東京の人口だけが増え続ける。半面、地方の人口は減り続け、二〇四〇年には、日本の市町村の半分が行政サービスの維持が困難になる、という試算が発表された。以来、「地方消滅」という言葉が喧伝され、なお現在進行形である。

ところが、どうだろう。このごろ、「地方創生」の言葉が全く聞こえない。現下のコロナ状況、感染防止対策上、大都会の人口集積は感染爆発の、いわば〝火薬庫〟なのだ。同時に、地方独自の政治や行政判断の重要性が示された。首長のリーダーシップ、国の判断を待つことなく、自治体の権限行使の重要性が住民に見えてきた。このところ、声高に叫ばれた官邸主導や決める政治は、実は危機に弱い、決められない政治だったのではとも思える。「ポストコロナ」——今こそ地方分権なのだ。

記念の出席者一覧――受章お祝いの会中止

〔2020・5・14〕

コンサートや展覧会、講演会、各種総会、イベント……。中止、延期の二文字がテレビや新聞で告知、お知らせが連日、続く。新聞紙面の大部分、コロナ報道だが、記事下も中止・延期の告知である。

友人の永田義邦さんから、昨秋の叙勲受章の記念祝賀会中止の案内状が届いた。当初、二月末の開催予定だった。新型コロナウイルス感染が拡大し、直前に延期の案内を頂いた。だが、年内終息の目途が立たない。今しかないと友人は判断したようだ。大勢の招待者が集う、密閉、密集、密接の「三蜜」。二月末には「三蜜」というレッドカードは広まっておらず、とりあえず「延期」にした。

来賓祝辞に続き、開宴後は賑やかな会話が弾むはずだった。友人は長年、県内の集団健康診断事業の推進、地域経済への貢献が評価されての受章だった。大型イベントではないが、「蜜」が伴う。足が遠のく招待者もいたかもしれない。断腸の思いの決断だった。

もう一人の友人、岩脇秀三さんからも二月末開催の叙勲受章祝賀会の招待状が届いていた。防犯事業に貢献された方だった。連日の祝賀会を楽しみにしていた。直前に中止の案内状が届いた。「コロナは国内において、初期の拡大期に入った」と見通し、一旦延期にせず、直前のキャンセル。無念だったろう。そのころ、県内で感染者はまだおらず、三月末に発症者が出て以降、急増した。

二人とも、腹を割って語り合う間柄。今も交流が続く。中止の案内文に併せ、記念の品や式次第。テーブルごとに交流関係が分かる、出席予定者一覧が同封してあった。受章者と個々の関係は分からないが、「なぜここに……」と思う私の知人の名前を見つけた。受章者とどんな付き合いがあったのか。名簿一覧を前に、受章者本人も、いつまでも残る大事な「交流図鑑」を眺めているだろう。

フェイスシールド――コロナ、草刈りにも役立つ　〔2020・5・14〕

春から初夏の間、寒暖の差が激しく、かつ暖かさを通り越し、暑い日が多い。三〇度近くの、真夏並みの日もあった。お陰で例年に比べ、所有する竹林もそうだが、自宅周りの空き地で草木がぐんぐん伸びる。晴れた日に刈り取る。が、気が付けば、また伸びていた。元の木阿弥である。

作業の際、普段のめがねを掛け、草刈り機を担ぎ、刈り取る。このごろ、作業の後、眼が少々痛む。水で洗い、目薬を差せば、落ち着くのだが、犯人はどうも巻き上がった、草木の花粉や種子でないかと疑った。

新聞を開くと、富山大付属小五年生の児童が自前の「フェイスシールドを簡単に作ったよ」という明るいニュースが載っていた。思わず、草刈りにはフェイスシールドを備えれば、大丈夫と確信した。この児童は休校期間中を利用し、医療従事者が命懸けで新型コロナ対応に当たっていることをニュースで知り、マスク併用のフェイスシールド作りに挑戦した。インターネットでも調べ、透明度の高いラミネートフィルムを利用したそうだ。

Ａ４判のフィルムをラミネーターで圧着し、額が当たる部分にスポンジの付いたすき間テープを貼る。両端にゴムを縫い付けた。制作費は百円程度、慣れると五分ほどで完成する優れ物だ。母親に手伝ってもらい、小学校の先生や富山市内の医院などに寄付したそうだ。自宅で撮影した作り方の動画を公開予定という。

汚染物質やウイルスから医療従事者を守るフェイスシールド。器用な子供だと感心したが、わが方はとっくに自作を諦め、コロナと草刈り用に生活用品店で買い求めることにした。

ごみ収集――日常支え、「ありがとう」

〔2020・5・15〕

一週間に二回、面倒と思いつつ、早朝に市役所指定の袋に入った家庭ごみを、地区内のごみ集積所まで運ぶ。感染コロナウイルス拡大で日に日に、収集所のごみ袋の量が増え、溢れ出そうなってきた。休校や自宅勤務、巣ごもり生活が家庭ごみの増大につながったのだろう。役所から委託を受けた廃棄物処理業者の作業時間がかかり、大変だろうと察した。

先日、富山市内の集積所に、作業員宛ての布製マスクが置かれていた。マスクが八枚一つずつビニール袋に包装されていた。集積所の扉には「いつもありがとうございます。マスクを作りました。つかって下さい！」と書かれた封書が掛かっていた。差出人は不明だ。それでも従業員らは感謝の気持ちを伝えたく、お礼の手紙と贈られたマスクを着けた写真を集積所の扉に掲示した。

日ごろ、従業員も市民も、当たり前の仕事と思いつつ、誰もが好き好んでやれる業務ではない。もし、業務がストップすれば、市民生活が麻痺するに違いない。ごみ収集車と言えば、時たま、ごみ焼却場で混じったスプレー缶の爆発がニュースになることがある。集積所でお礼の言葉を交わせたのも、コロナ社会で、お互いの仕事を見つめ直す機会になった。

世の中、ごみ収集に限らず、医療や介護、保育などのケア労働。スーパーの店員や配送業、飲食・給食業。コロナ下、やりたくない、さわりたくない、人と接触したくない仕事だ。これらはウイルスとの感染リスクに晒されている。だけど、みんなが拒絶すれば、日常生活は成り立たない。

職業に貴賤はない。けど、社会にとって、本当に役立つ仕事は何なのか。働き方改革とは次元が違うが、日本の、地域の現場が危機的状況下でも、日常を支えている人々の姿を忘れてはいけない。

引きこもり――居場所失う、支援忘れず

〔2020・5・16〕

日常的に「ステイホーム」を強いられ、引きこもりがちの人が多い。一方で対話や言葉の交流が困難な人がいる。俗にいう「巣ごもり」現象とも違う。交流が途絶え、こころが萎える。コロナ社会で普通の社会人でさえ、うつ状態に陥り、それこそ「こころの病」を患う。こころが弱い、強いという強弱ではない。人間は一人では生きてゆけないのだ。

心配なのが「引きこもり」である。学校や職場でのトラブルが原因で、自宅で六か月以上も、家族以外の人々との交流が奪われた人たちだ。全国で一一〇万人以上、富山県内でも一万人以上いる、と推定される。若い世代だけでなく、バブル崩壊やリーマン・ショックを経験し、就職活動や職場、人間関係につまずき、引きこもったままの、三〇代後半から四、五〇代の世代が多いという。引きこもりの子が五〇代、親が八〇代という「8050問題」は近ごろ、社会問題として、広く知られるようになった。

自治体やNPO法人などが相談窓口を設け、社会復帰の糸口を見出そうと懸命だ。地元の射水市社会福祉協議会は令和二年度夏ごろ、窓口の開設を目指す。生活困窮者自立支援事業として、市役所の各部署、ハローワークや福祉事務所、医療機関、地域包括支援センター、NPOとも連携する。ワンストップ窓口はたらい回しを防ぎ、心強い。時には訪問の機会を探り、社会の扉へ導きたい。

さびしいニュースもある。民間団体が運営する、引きこもりの人たちの居場所が窮地に陥っている。コロナの感染リスクを避けるため、中断を余儀なくされたのだ。境遇が同じ親同士にとって、社会復帰を目指す大切な場所。メンバーの代表は電子メールや無料通信アプリLINEでのやりとりが中心だが、「やはり顔を合わせ、深く寄り添えない」と、もどかしがる。

微笑ましい親子――学校休みで田園散歩

〔2020・5・17〕

　滅多に見掛けない親子連れがあちこちの市道や農道を散歩している。周りは田植えを終えた田園地帯。はしゃぎ、楽しそうに会話する光景が微笑ましい。

　コロナでのステイホーム、そして学校の休校。公園も図書館も閉鎖された。お父さんはテレワークで、休憩時の気分転換。行き場を失った子どもを、お父さん、お母さんが引っ張り出したのだろうか。いつもなら、高齢の夫婦や一人黙々歩く、ウオーキング姿が多い。こちらは高齢化社会を映し出す光景だ。

　学校は三月から、ずっと休校が続く。終業式、卒業式や入学式、始業式も慌ただしく、まともにできなかった。学習面の遅れが心配される。コロナウイルスによる臨時休校によって、「小中学校で一人当たり一五〇コマ程度の授業が実施できなかった」と五月中旬、富山県教職員組合が試算した。今後、学習の遅れをどう取り戻すのか。

　文部科学省は長期休暇（夏休み）の短縮や土曜授業の実施などにより、授業時間を確保するよう指針を示している。急な授業時間の延長、六日間連続の授業。「これでは、子どもの集中力が持たない」「下校が遅く、安全面が不安」と現場は戸惑う。そこで、夏休みの短縮が現実味を帯びてきた。富山県の高岡、射水、氷見、砺波、小矢部市など五市が早々に八月八日～一九日までの一二日間夏休みと決めた。たぶん、夏休み短縮案が主流になるだろう。

　親はステイホームで日々、食事や生活面で大変だった。親子や夫婦げんかも増えたと聞く。学校が再開された暁、親子共々忙しくなるだろう。楽しかった親子の休日散歩を思い起こしてほしい。

地方議会の重み——コロナ対策で議論を

〔2020・5・18〕

地方自治を形成する柱は、首長・行政機関と議会・議事機関。予算や人事権を握る首長に対し、議会は首長・行政機関の執行をチェックし、時には政策提言する重い存在である。一般にこれを「二元代表制」という。ともに選挙で選ばれた首長と議員がその役目と責任を担っている。ここで勘違いしてはいけないのが、「国会と内閣」が相対する関係の違いだ。「国権の最高機関は国会」——そう憲法に定めてある。地方自治では、「議会と首長は対等」ということを忘れてはいけない。

新型コロナウイルス感染拡大に伴い、出番の多い首長に対し、地方議会の動向が全く注目されない。三月議会が閉会し、通年議会制でない限り、次は六月議会だが、多くの地方自治体は急を要するため、ゴールデンウイーク前に臨時議会が招集された。議会は住民や事業所、医療福祉従事者の支援策を盛り込んだ予算案を可決した。これで一段落とはいかない。事態は時々刻々、状況変化を先取りした政策、対応が逐次、求められる。国の政策はご覧の通り、後手に回っている。地方は地方の住民に寄り添う、独自の政策や基準を設けて良いはずだ。

首長・行政機関の動向ばかりに注目していたが、富山県内の議会に真新しい動きはない。隣の新潟県上越市議会が新型コロナウイルス特別委員会を一八日開き、議長に緊急提言書を提出した。同日は三回目という。提言は役所のあらゆる部署に相談が殺到するため、ワンストップ相談窓口の設置。市民や事業者に対する各種給付金や助成金の増額、固定資産税・公共料金の減免。出口戦略の構築など大まかに、三つの提言を議長に提出した。議長から受け取った市長は「みなさんと気持ちは同じ」と答えたという。市長は市民の声、議会の重さに応えている。

足りぬマスク——地域で支える　〔2020・5・19〕

三月ごろからだったろうか。個人はもとより、医療や福祉現場のマスク不足が報じられた。妻が開店前のドラッグストアへ行き、マスク購入に走り回った。先着五〇人限定と店員から告げられ、目の前で「きょうはお仕舞です」と冷たい宣告にがっかり。こんな時、女性は強い。友だちのネットワークを駆使し、あちこちへ走り、お互い融通し合い、何とか危機を乗り越えた。

しばらくして、北日本新聞の地域版には一般ニュースが少なく、コロナ関係の話題、ことに市内の企業団体やロータリークラブ、ライオンズクラブ、慈善団体、法人会など各種団体のほか、篤志家、有志などが市役所に「医療や福祉の現場に」と一万枚、二万枚とどこから調達したのか分からないが、地域版は写真付きのミニニュースで満載だ。

私が所属する射水ロータリークラブ（夏野公秀会長）のメンバーの一人が産業廃棄物処理業を営む、中国人。日本・中国国内のネットワークを持つ。五月中旬になったが、一万枚を確保し、市役所に急きょ寄贈が決まった。検品済みの証明書付きマスクを前に、夏野元志市長は「六月以降も心配。高齢者施設で発症すると、大変なことになる」と感謝した。

マスクと言えば、アベノマスクである。側近の知恵で「国内全世帯に二枚ずつ配布する」と公言するも、未だ行き渡らない。未到着のことを忘れていたが、本日、郵便受けに届いた。だが、マスクは市中でダブつき気味。もはや、ありがたみは薄い。検品やり直しで未到着世帯がなお、多いにも関わらず、「マスクの需要を抑える効果があった」と官邸は胸を張る。急場のマスク不足を補い、地域を支えたのは、ネットワークを駆使した、同じ地域の人たちなのだ。

時間の分散――登下校の実験

〔2020・5・19〕

近所のおばさんがスクールバスの停車場まで、小学生の孫を迎えに行く。子供はお昼ごろ、帰宅した。別の子供は午後から登校し、授業を受けるという。朝から夕方まで、自宅と学校を交互に行き交う子供たち。学校が始まって以来の光景でなかろうか。

新型コロナウイルス感染拡大に伴い、小中高校が休校し、ようやく再開すると聞いていたが、昨日から「分散登校」が始まった。ともあれ、児童生徒は久しぶりのクラスメートとの再会を喜び合った。六月から通常のスタイルで学校が運営されるそうだ。保護者は感染リスクがゼロとは言えないだけに、なお心配だろう。

「分散登校」は児童生徒をグループ分けして、登校させるシステムだ。一つの教室に詰め込む形はいわば、三蜜状態だ。マスクを着けた子供らは、間隔を空けた机、椅子に座り、授業を受けた。

今後、コロナ流行の第二波で再び休校の可能性もある。富山県教委は「その場合、授業内容の厳選やオンラインを授業の拡充、推進する」という。休校と分散化の経験を生かし、情報通信技術の導入など学びの在り方が問われる。双方向のやり取りをする、オンライン授業へ加速化されるだろう。オンライン学習で引きこもりの子供が元気になるかもしれない。

空間の分散化に加え、時間の分散化は企業社会でも、急速に動き出すだろう。時間差出勤やテレワーク。通勤・帰宅ラッシュの緩和は、仕事の効率化と災害時のリスクの分散化につながる。歴史学者の與那覇《よなは》潤さんは四年に一度のオリンピックを例えに、「時間軸の分散化こそ、感染防止につながるし、危機に強い」と強調する。

開館を続けた図書館――休校の子供ら救う　〔2020・5・20〕

新型コロナウイルス感染拡大に伴い、小中高校はむろん、美術館や体育館、運動場、スポーツジム。地域のコミュニティセンター、公民館も閉鎖された。あちこちのカルチャー教室・講座は軒並み休講だ。大人も子供もステイホームを強いられた。

ことに小学校の休校で児童は行き場を失った。自宅で一人教科書を開き、どの子も自習など、実践できるとは考えにくい。それなら普段読まない本を読ませたい、図書館で借りたい、と考える保護者がいてもおかしくない。残念ながら、電子書籍システムが整備されていない。

町の図書館があるものの、ここも密閉、密集、密接の三蜜空間。他の入館者との接触が怖い。当然、多くの公立図書館が閉鎖されたが、県内の二つの市立図書館が独自に貸し出しを続けた。黒部市と南砺市の二つの市立図書館だ。ただ、図書館の閲覧室や書架、学習室に入り、本を読み、勉強する従来の形ではなかった。

黒部市図書館はホームページで蔵書を検索、予約し、図書館へ借りに行く。貸し出し冊数も増やした。外で待機し、透明フィルムが貼られた、臨時カウンターで受け取るシステムだ。南砺市もほぼ同様で、玄関で図書カードを提示し、職員が手渡しする。二館とも四月中旬からGWを挟み、ほぼ三週間続けた。貸し出しの際、著者名や本の名前が分かれば、職員はスムーズに検索できる。おおよその本のイメージなどを聞き、柔軟に対応するケースもあったようだ。

短期間とはいえ、職員らが最大限のコロナ対策を講じ、貸し出し業務が始まった。二つの図書館にエールを送りたい。

栄冠は君に輝く——夏の甲子園中止に

雲は湧き　光あふれて　天高く　純白の球　今日ぞ飛ぶ……。ご存じ、高校野球・夏の甲子園の大会歌。まだ焼け跡の残る、終戦直後に作られた加賀大介作詞、古関裕而作曲「栄冠は君に輝く」である。古関は今、ＮＨＫ朝の連続ドラマ「エール」の主人公。炎天下の甲子園に集う若者らの応援歌だ。勝っても負けても、全力で挑む。ふるさとの後押しを受け、グラウンドとスタンドが一つになって、熱く燃える。球児らは今、甲子園キップを目指し、練習に励む。野球ファンでなくとも、ドラマを見て、野球観戦を想像し、「雲は湧き……」のメロディーが自然と口ずさむ。

甲子園は高校野球の球児らの憧れの聖地だ。そろそろ、地区大会が始まろうとした矢先、「夏の甲子園」、全国大会と地方大会の中止が決定した。新型コロナウイルス感染拡大を受け、日本高野連は「やむなし」と判断した。長時間をかけての移動、集団での宿泊。感染と拡散のリスクが高いためだ。何よりも、球児の安全と安心を保証するには厳しい。

球児たちのショックは大きい。「なぜ自分たちの代だけこんなことになるのか」「現実を受け止められない」「全国大会が無理でも、富山大会があると思っていたのに……ショックは大きい」。どの学校でも監督が部員を集め、中止を伝達したが、みな無念の涙を流していた。

監督らも辛い。「野球人生の終わりはない」「甲子園が全てではない。出し切れなかったエネルギーを次の一歩に向けてほしい」「選手は大きな挫折を味わうことになったが、苦しい試練を乗り越えてきたことを忘れないでほしい」。重い言葉だが、今は受け止めることができない。人生は谷あり山あり、登り下りの連続。いつの日か、あの時の辛い思いがよみがえり、糧となって君に輝くはずだ。

〔２０２０・５・21〕

賭けマージャン——密着すれども癒着せず

〔2020・5・22〕

新型コロナウイルス感染拡大による緊急事態宣言下、東京高検の黒川弘務検事長が新聞記者らとの賭けマージャン疑惑を報じられた。黒川氏は事実関係を認め、首相宛てに辞表を提出した。訓告処分とされたが、「懲戒ではないか」「誰が決めたのか」「記者と検事長との癒着だ」等を巡り、なお国会や世論は政府への批判が続く。黒川氏に対して、世論から意図的な定年延長や「政権の守護神」とみなされ、批判の声が大きい。

新聞記者出身者として、正直、体験を明かし、記者と取材相手（ニュースソース）との距離感を述べたい。入社し、まち回りの後、サツ回りになった。まだ二四歳だった。念願の社会部配属だった。県警や富山署の記者室にはジャン卓があった。各社の先輩らが暇を見つけては、ジャン卓を囲む。ある日の午後一時前だったか、他社の先輩記者が「一人足りない。梅ちゃん、どうだい」と誘った。キャップは不在だし、少しはいいか、と加わった。しばらくして、ひょっこりキャップが現れた。その眼は怖く、「夕刊締め切りまでまだある」と一喝。以来、マージャンには縁がない。

政治部県政担当を三度も務めた。年齢を重ね、肩書も少し付いた。表に出ていない情報を得るには例えば、知事室に一人で入る。胸襟を開いて、二人きりで雑談する。言葉の端から今考えていることや懸案の政界人事など探った。時たま休日の朝、秘書から電話が入る。「ハーフだけでも、ゴルフどうですか、知事が急に体が空いたので」。ゴルフは得意ではなかったが、「これも密着取材」と心得、三人で回った。妻との買い物をキャンセルした。しかし、いざという時には批判をすべきことは書き切る。「密着すれども癒着せず」——地方紙記者の心得とし、過ごしたつもりだが……。

人と土の距離――コロナと無縁　〔2020・5・23〕

タケノコ掘りシーズンを終え、三度目の竹林訪問。作業は伸び放題の竹の伐採だ。シーズン終わりごろにタケノコが顔を出し、一晩雨が降り、気温が急上昇すれば、一気に一メートル近く伸びることがある。竹の子ではなく、もはや竹である。

そのまま放置し、年を越すと、美しい竹林も、ただの竹藪になる。来シーズンはタケノコ掘りどころではない。アフターケアのため、三日間は〝竹取じいさん〟、くたくたになるほど、汗を流さなくてはならない。今シーズンはコロナのせいか、気が緩んだ。シーズン後の竹林のケアが大事だと、数年前、隣の地主から教わったのに……。

竹伐採のついでに、雑草刈りもした。草刈り機を使わず、根っ子ともむしり取る。草と土にまみれ格闘だ。しばらく草が生えない。休憩時に泥の付いた手で額の汗をぬぐった。この時、シーズン中「コロナウイルスのタケノコは嫌だ」と拒まれたことを思い出した。土の中にコロナウイルスがもしや潜入？　と心配になった。

たまたま、北日本新聞に森林総合研究所の藤井一至さんが「土のふしぎ」という一文を寄せていた。それによると、土には一グラムに五〇億個の細菌が存在し、細菌一〇個に一つはウイルスに感染している。土はウイルスの巣窟。一方、人間の腸内には土と同じくらいの細菌が存在する。例のエイズウイルスやノロウイルスの有害なものはごく一部、多くは無害かあるいは有益という。

土に触った手を洗うことは必要だが、土との触れ合いにはストレスを取り除き、免疫効果がある。ソーシャルディスタンスを求められる中、「人と土の距離はもっと近く」と触れ合いを推奨する。

最期のいのち――重症の高齢者と若者

〔2020・5・24〕

いのちは誰のものか。今、医療現場で終末期に臨み、医師や家族たちの葛藤がある。新型コロナウイルスに感染した一人暮らしの男性が四月中旬、富山市内の病院で亡くなった。八〇歳代だった。その後、親族が取材に応じ、「延命治療を選択しなかった」と北日本新聞記者に語った。

感染を避けるため、本人と面会ができない。男性は入院時から重篤で、親族は医師から「治療は年齢的に難しいかもしれない」と示されていた。体には多くの管がつながっており、医師はアビガンの使用を一時検討した。だが、呑み込む力は既になく、人工呼吸器を使用するかどうかの判断が迫られていた。

親族らは意思を確かめる術はない。そんな時、患者は元気なころ、重篤な病状に陥った場合、「構わんから（治療を施す必要はない）」と語っていたことを思い出した。「これ以上、辛い思いをさせない方がいい」と話し合った結果、延命治療は行わず、自然な形で見送った。親族は振り返り、「あのように決めてよかったのか」と胸中揺れている。

どの医療現場でも、人工呼吸器が絶対的に不足している。例えの話、使える人工呼吸器が一台しかなく、病棟には高齢の重症患者と若い重症患者が入院している。ともに両者の家族が使用を望んだ。高齢者は社会的に弱い立場。片や、若者にはまだ長い人生が待っている。医師は葛藤の末、社会を維持していく、若者に人工呼吸器を付けるかもしれない。

新型コロナウイルスと闘う、地域の医療現場で医師や家族は人工呼吸器の使用を巡って、「最期のいのち」に向き合い、悩み、闘っていることを忘れてはいけない。

パンデミックを思う——焦る政府、手綱緩め

〔2020・5・25〕

今朝自宅の庭に目をやると、真っ赤なバラの花が咲き誇っていた。昨夜、政府は新型コロナウイルス特別措置法に基づく、緊急事態宣言を全面解除し、活動規制を緩和する方針を示した。真っ赤なバラが一層赤く、誇らしげに見えたのも、少し安堵したせいかもしれない。

本日の朝刊トップニュースは「全国で解除」「流行ほぼ収束」。富山県内は「二九日自粛・休業解除」「夜間外出自由に」と、大きな活字が躍っているようだ。世の中の空気は長いトンネルを一つ、通り過ぎたような雰囲気だが、まだまだすっきりしないのが実感だろうか。

思えば、中国・武漢市から拡大したコロナウイルスは、わずか三か月間でアジアからヨーロッパ、中東、アメリカ、アフリカへ拡散した。世界保健機構（ＷＨＯ）が三月一一日、パンデミックを宣言した。コロナはパンデミック、制御不能状態となり、世界中に流行していることをやっと認めたのだ。

武漢市のロックダウン（都市封鎖）が注目され、日本には当初、危機意識はあっただろうが、緊迫感はなかった。日本政府が緊急事態宣言を出したのが四月七日、東京、大阪をはじめ七都府県。一六日に全国に拡大した。私の暮らす富山県はしばらく無感染県で、三月末に初めて感染者を出した。災害が少ない富山、「ひょっとして岩手県同様、感染者ゼロなのでは」と勝手な観測が流れた。

「喉元過ぎれば熱さを忘れる」という。どんなに苦しいことも、過ぎればすっかり忘れてしまう。されど、既に歴史上の災厄、一九一八年に始まったスペイン風邪に学びたい。第二波、第三波が続いた。二波は一波以上に荒れ狂った。先へ先へと焦る政府が手綱を緩めているようにも見え、感染者の増大次第で二度目の緊急事態宣言の可能性をも示唆する。パンデミックはもう御免だ。

縮む六月地方議会──会期や質問時間短縮

〔2020・5・26〕

地方議員は今ごろ、どこの現場を歩いているだろうか。現場でマスク姿の住民と個別に会話し、次の現場へ向かう。見出した課題は、議会で質すための、住民と現場から学んだ宝物だ。コロナ禍の中、地域経済への打撃で企業や事業所の倒産や従業員の解雇、大幅な賃金カットが増加するだろう。学校に通う子供たちの学習や地域のひとり親家庭の支援……。多分野に渡る課題山積が見える。

県や市町村議会で六月定例会の会期の短縮や一般質問の人数、時間の制限を検討している。理由は議員の感染リスクや行政当局の負担軽減を図りたいようだ。本末転倒だ。富山市市議会の一会派議員がコロナ対策の特別委員会設置を求めたが、一蹴されたという。会期に至っては例年より一週間短い、一四日間とした。本会議の一般質問もトータルで四分の三に減らす。もちろん、議員の高齢化や三蜜の懸念は否定しないが、オンライン化など可能な限り、感染対策を施すことが可能だ。マイナス志向ではなく、好機と捉え、議会改革を図りたい。

本来、地域のコロナ問題が山積している中、今こそ、議会と議員の出番ではないか。コロナ対策特別委員会を設け、市民のため、徹底的に議論を尽くす。行政当局に提案し、議会の存在を示したい。議会は言論の場だ。議員・議会と首長・当局が対峙し、議論を闘わす。会期の短縮や質問時間の制限は「議員の権利放棄」同然である。

もう一つ気になるのが政務活動費の削減の動きである。例の不正事件で監視の目が厳しいのか。以来、ごまかしが利かないのか。一か月一五万円満額使う議員はほとんどいない。余程、不要な政務活動費なのか、使い道が分からないのか。不正発覚から四年。議会の再生の道は、なお遠い。

「指示待ち人間」でないために——大事な議事録

〔2020・5・27〕

コロナ下、一九九五（平成七）年一月、阪神大震災直後の政治の混乱ぶりを思い出した。当時、論説委員の職にあった。そのころの若者を称して、「指示待ち人間」「マニュアル人間」と呼んだ。計画や仕事の手順、アイデアなどは、大人や会社の上司が指示しないと前に進まないことだ。例え、実行するにも、前例通りや例年通りにやっておれば、誰にも文句は言われない、と信じていた。

震災で政府の初期対応がまずく、すぐに「なぜヘリコプターで消火しない」「なぜ早く、自衛隊を多く出動させないのか」「米を早く供給してくれないのか」など、被災地、国民からも消防庁や防衛省（当時防衛庁）に不満の声が届いた。当時の村山富市首相は「何分初めての経験、早朝の出来事だったため、混乱はあった」と弁明していた。首相までも「指示待ちか」と落胆したことを覚えている。これは地震という大災害時だった。

二五年の時を経て、ウイルスという目に見えぬ災厄が襲った。同じ世界を襲ったリーマン・ショックとも違う。経済を守る点は同じだが、質が違う。人のいのちが失われてしまうかもしれない恐怖心が襲う。未経験の災厄だ。この新型コロナウイルス感染拡大の対応のマニュアルはどこにもない。

終息に向かう中、安倍首相のリーダーシップはどうだったのか。改めて政治のリーダーが問われる。国のリーダーもいれば、自治体（役所）や会社、地域のリーダーもいる。「終わり良ければ、全てよし」というわけにはいかない。あの時のリーダーはどう判断し、議論を尽くしたのか。

政府の感染症対策会議の議事録がない、と聞く。緊急時の大事な仕事のはずだ。将来も誰かの「指示待ち」に頼るわけにいかない。記録はいのち、そこにヒントがある。

観光客失う――立山黒部、風の盆、なじみの寿司屋

〔2020・5・28〕

昨夜、三〇年来通う、なじみの高岡市内の寿司屋をのぞいた。コロナ感染拡大で正月以来、ご無沙汰していた。このご時世、店を閉めていないだろうか……、気になっていた。「テイクアウトで」と電話を入れ、訪ねた。

マスク姿の親父さんは「五〇年以上、商売しているけど、こんなことは初めて。四月、五月、お客はほとんど無し。わしが死んでからにしてほしかった」と嘆いたが、ここ二、三日ぽつり、ぽつりと馴染みの客が顔を見せる。少し元気が出てきた様子だった。

富山県内は二〇一五年三月、待望の北陸新幹線東京―富山、金沢間が開業した。県民にとって半世紀に及ぶ悲願達成だっただけに、感慨深い。金沢同様、観光面では新幹線が果たした効果は絶大だ。立山黒部アルペンルートやおわら風の盆、宇奈月温泉、世界遺産の五箇山合掌造り、富山湾の魚は恩恵を受けた。ことに外国人観光客数は大きく躍進、人口減少時代を十二分にカバーした。

ところが、コロナの襲来だ。先の寿司屋同様、客は急減した。まずアルペンルートにキャンセルが相次いだ。バスの「三蜜」もあり、四月の開業早々、閉鎖に追い込まれた。一一月末まで本来の営業期間だが、再開が見通せない。九月の歴史ある八尾のおわら風の盆も二七日、中止が決まった。風情ある街並みに繰り出す町流し。三味線や胡弓《こきゅう》の音が哀愁を誘う。二〇万人が訪れる観光客は八尾だけでなく、県内のホテル、タクシー、お土産業界などのショックが計り知れない。

前述の寿司屋も新幹線効果の恩恵を受けた一人だ。「最初に訪ねて来た客はやはり、地元の人。地元あっての商売」――親父はうれしそうに頼んだ寿司桶を差し出した。

10万円給付や支援策——自治体に権限、任せよ〔2020・5・29〕

全国民への一律一〇万円給付が決まって、一か月以上たつ。野党の要求、与党内のすったもんだの末、ゴールデンウイーク前に決着した。GW明けに予算案が通り、政府は「五月のできるだけ早い時期に」と公言した。富山県では人口三千人余りの舟橋村が断トツで早かった。小さな地方自治体（町村）は決着と同時にお金を準備し、住民への支給を始めた。だが、間もなく六月。「早い時期に」とは程遠い。

コロナ下、生活に困窮する国民は多い。国や地方自治体がいちいち困窮度の実態を調べ、相談を受け、支給となれば、役所仕事のこと、いつになるのか分からない。全国民（世帯）に申請書が届けば、たとえ困窮していなくても、もやもやした気分が晴れる。もちろん、財布に千円もない困窮者は大勢いるに違いない。当座の家賃や電気ガス、水道料金が払えない世帯もある。現実に富山県内で、ひとり親世帯などに現金支給や水道の基本料金を減免にし、予算化した自治体もある。

同様に住民に近い、地方自治体独自の生活支援が全国各地で広がる。国は給付金支給の煩雑な手続きや理屈付けで、議論している暇があるのなら、一括、地方自治体の規模に応じ、住民の生活支援・補償金として渡す。後は市区町村が地域の実情に応じて、知恵を出し、直接支給した方がきめ細かく、かつ早いに違いない。政府と知事らの判断力を見ても、明らかである。

一〇万円給付のオンライン申請システムには、必要なマイナンバーカードと住民基本台帳が連動していない。申請ミスを防止するチェック機能もないという。政府は支給開始時期を特設ホームページで公表し、地方自治体同士の支給時期を競わせる姿勢が見える。尻を叩くだけでは情けない。

民生委員――会えなくても、支え合う

〔2020・5・30〕

私の町内にある、高齢者のための「ふれあいサロン」が六月から、再開することになった。新型コロナウイルス感染拡大で、ほぼ三か月間、中断していた。不要不急の外出自粛、ステイホーム、三蜜。加えて、他人と接触し、ウイルスに感染でもすれば、お年寄りにはコロナは容赦しない。外出はリスクが高く、サロンの閉鎖はやむを得ない措置だった。

サロンと言っても、公民館でお茶と駄菓子を用意し、おしゃべり中心のひと時。ゲーム遊びのほか、時には外部のミニ講話を聴いたりして過ごす。「ふれあいサロン」は月に一度程度、ほぼ二〇人の集まりだが、独り暮らしのお年寄りにはストレス解消、認知症予防、会話が何よりも楽しみだ。

町内の民生委員はサロンの企画のほか、普段は声掛けし、健康相談やこころのケア、心配事がないか、定期的に家庭訪問している。コロナで訪問が出来ない時、せめて自宅に電話を入れ、会話に努めていたという。

地域にはさまざまな境遇の人々が暮らす。高齢な独り暮らしや夫婦、ひとり親の子ども、引きこもりの若者や中高年、貧困家庭。平時は何かと、関係機関の働き掛けがあるのだが、非常事態下は落ちこぼれてしまう。自分たちのことで精一杯のため、気が回らない。まして感染症、顔を合わせての対話、近づくことさえ憚《はばか》れたのだ。

コロナ社会を経験し、高齢者の健康や買い物、病院通い、ごみ出し、見守り……。システムとして大丈夫だったろうか。学んだことがある。「会えなくても、電話でもいい。支え合うことの大切さ」――民生委員から聞いた言葉である。

「我が事」として——死に追い込んだ誹謗中傷

〔2020・5・31〕

最近、地域福祉について勉強する機会があり、「地域住民による『他人事』ではなく、『我が事』としての地域づくり」というフレーズをよく目にする。

例えば、疾病や障害、介護、子育てなど役所では問題の起因を想定し、高齢者や障害者、子供などの対象ごとに支援制度が整備され、相談窓口が異なる。これでは個人や世帯を抱える課題に対し、包括的な対応が困難である。そこで「縦割り」行政から「丸ごと」へ転換が必要だ。一方、地域のつながりや支え合いが弱まっている。高齢者のみや単身世帯が増加する。地域内でも孤立し、誰にも相談できなければ、深刻な事態だ。「他人事」ではなく「我が事」として、地域全体として向き合うことが地域づくりのキーワードになってきた。

具体的には、引きこもりやひとり親支援、老老介護、八〇代の親と引きこもりの子ども世帯、「8050問題」などは丸ごとの対応と同時に近隣住民が「我が事」のように受け止め、支援したい。「我が事」として向き合いたいテーマは福祉の分野だけではない。新型コロナウイルス感染症患者に対する暴力的な発言、会員交流サイト（SNS）に誹謗中傷の書き込みが殺到する。富山県内でも感染者らが中傷にいたたまれなく、引っ越しを余儀なくされたのでは、と聞く。

フジテレビで放送していたリアリティー番組「テラスハウス」に出演していた女子プロレスラーの木村花さんに対する、誹謗中傷の書き込みが殺到し、自ら命を絶った。もしも自分が当事者だったら、もしも親であったら、もしも我が子が感染者で被害者であったのなら……。「我が事」のように思い直してほしい。「ポストコロナ」と言わず、今こそ「我が事」は社会づくりの原点でなかろうか。

麦秋、ついたちまんじゅうは——風習まで追いやる

〔2020・5・31〕

コロナ騒ぎはまだ続くが、世の中、少し落ち着いてきた。パンデミック宣言のころは冬だった。気が付けば、六月、夏だ。

家の周りに広大な麦畑が広がる。昨秋に撒かれた種は芽を出し、冬を越し、黄金色に生長した。五月最後の土日に一気に刈り取られた。立春から百二十日前後の五月下旬が麦刈りの時季。季語では麦秋《ばくしゅう》である。百穀収穫の時季が秋のため、麦秋と呼ばれるそうだ。

六月一日に富山市日枝神社の山王祭りが始まる。参道やまちなかに約千店の露店が軒を連ねる。全国最大規模の香具師《やし》祭りは中止になり、香具師の姿はない。仕事場を失い、収入もなく、今ごろ、どこをさ迷っているだろう。

市民が祭りと同様、楽しみなのが「ついたち（一日）まんじゅう」だ。市内中央通りの「竹林堂」名物の酒まんじゅう。昔は「まんじゅう、まんじゅう、いらんけ」と売り歩いたそうだ。うまいものがたくさんある時代に、素朴な味が好まれて、人気は衰えない。市内に勤めていたころ、こっそり買い求め、よく食べたものだ。六月一日だけの販売のため、早朝から長い列が続いた。

一日と言えば、高岡市の国宝・瑞龍寺では健康を願う、「ひとつやいと」がある。田植えを終え、疲れたお年寄りらが廊下に一列に並び、膝を出す。住職が一人ひとりの膝の上のモグサに線香の火を付ける。みな熱さにじっとがまんする。疲れをほぐす、昔からの風習である。

コロナは人との接近を好む。「ひとつやいと」は間隔を置き、対応したが、「ついたちまんじゅう」は販売中止になった。長蛇の列を危惧したのだろう。コロナは地域の風習までも追いやる。

June

6月

黒部峡谷の玄関口・電鉄宇奈月温泉駅

黒部峡谷鉄道のトロッコ電車が欅平まで結ぶ。6月ごろは閑散としていた。秋の深まりとともに観光客の姿も

6月の出来事

6. 1 富山県内の県立学校と小中学校が本格再開

6. 5 5日公表の政府各経済指標は軒並み過去最大の落ち込み

6. 18 県内で感染を確認した入院患者がゼロ

6. 19 県境移動の自粛全面解除。立山黒部アルペンルートも再開

6. 28 世界の感染者数1千万人超え
中国武漢で確認から半年

本当に困っている人——相談や調査の意欲もなく

〔2020・6・1〕

「本当に困っている人は調べたり、相談したりする意欲もない。自動的に申請書が送られると、より多くの困窮者が救われるはずだ」——家計の見直し相談センターの藤川太代表が新聞のインタビューに答えていた。全国民一人一〇万円給付の申請書が各世帯に届いた。手続き方法など報道や自治体が広くPRした。申請書は簡便だし、早々に必要書類を整え、準備していた人もいたはずだ。

休業や失職した場合、どこへ行けばいいのか。一人で調べ、あちこち歩くのが辛い人、面倒な人もいるだろう。そんな時はあなたのまちの社会福祉協議会へ問い合わせ、歩き出すことを勧めたい。

緊急小口資金や収入減が続いた場合の総合支援資金がある。返済時に所得減が続く住民税の非課税世帯は、返済が免除される。家賃が最長九か月間、負担してもらえる住居確保給付金も。電気、ガス、水道料金はどうする。支払い猶予も可能だ。社会福祉協議会は住民の「生活の灯」である。

その点、業績が悪化した企業が雇用を維持し、従業員を休ませた場合、国の「雇用調整助成金」制度がある。この制度を理解し、書類を準備し申請するまで、いや、受給にたどり着くには相当の努力を要する。「申請したが、音沙汰がない」と批判の声が絶えない。申請の受理側の不手際もあるが、問題はそれ以前にあるようだ。

代行業務で大忙しではと、知人の社会保険労務士に聞くと、「実は申請代行は受けたくない」とそっけない。休業協定や支給要件確認申立書など専門用語が並ぶ、何種類もの申請書類が必要だ。社労士によると、一般の人がデータを揃えるのは難しい。もし、社労士が不備の書類を鵜呑みにし、代行申請すれば、身分が危うくなる。本当に困っている人を、救う手立てはないものか。

103歳生還――いのちの重さに序列なし

〔2020・6・2〕

新聞の見出しに目を疑った。「一〇三歳、コロナから回復、県立中央病院を退院、一か月闘病」。大きな活字だ。新型コロナウイルス感染者の年齢が高くなるほど、致死率が高い。半面、若者や子供は低いと思い込んでいた。確かにクラスター化した高齢者福祉施設での感染率は高い。重症者、死亡者の数、率とも高い。

記事によれば、この高齢者は女性で濃厚接触者として四月下旬に入院し、PCR検査で陽性と判明した。呼吸困難や心不全の兆候のほか、肺炎症状が見られた。病院は集中治療室でアビガンを投与し、抗生剤や酸素吸入など肺炎や心不全の治療を続けた。全力を尽くした治療だったのだろう。

集中治療室を出たのが入院一二日後、患者は五月末には陰性となり、退院が決まり、六月一日、無事退院した。「この女性に大きな基礎疾患がなかったことが回復につながった可能性が高い。高齢だから必ずしも、悪化するわけではない」と担当部長は分析する。

確かに高血圧症や糖尿病、心臓疾患、三大成人病を持つ高齢者が多い。たまに町医者へ行くと、この種の定期診断と薬を受け取りに来る患者でいっぱいだ。一〇三歳の女性は多分、医者通いと無縁のおばあちゃんなのか。百歳を超え、体力、気力もあったのだろう。コロナに打ち克ったのだ。

他方、コロナ感染リスクが高いと懸念された子供の重症化が予想以上に少ない、というデータが出ている。日本小児学会でもデータベースを作成し、なぜ少ないのか分析を急いでいる。

一〇三歳の患者の生死に向き合い、生還に導いた医療従事者たち。「いのちの重さに序列はない」と思いを致す。

大輪の華――終息と平和を祈る

〔2020・6・2〕

花火と言えば、疫病退散。定かではないが、一七三三年「享保の大飢饉」の慰霊と疫病退散を祈った、隅田川の水神祭が起源とされる。今年は隅田川をはじめ、各地の祭りが中止になっている。観客の密集が予想されるためだ。

昨夜、四七都道府県の一三一の花火業者が参加し、各地で同時刻に、新型コロナウイルスの終息を祈り、花火を打ち上げた。県内では富山市の常願寺川富立大橋《ふりゅう》下流でわずかだが、五〇発打ち上げられた。人が集まるのを避けるため、非公開。今朝の朝刊で初めて、知った次第である。

写真を見ると、花火の模様は赤や白に交じって、緑色の線状に広がる閃光が鮮やかだ。花火業者の花火師・松田利彦さん（富山市）は医療従事者を励まそうと、用意したそうだ。「コロナ禍の中、頑張るみんなに楽しく、元気になってほしい」と語っていた。三分間の打ち上げ花火だったが、松田さんには長い花火師人生、特別な思いがこみ上げたことだろう。

県内の花火大会と言えば、八月一日の神通川（富山市）と四日の庄川（高岡市）の北日本新聞納涼花火大会だ。ことに神通川の花火大会は、戦時下の富山大空襲で犠牲者の鎮魂と平和、復興への願いを込め、一九四七（昭和二二）年八月、富山復興祭として開かれた。今も続く、県民には特別な花火大会である。当時の新聞には遠方から歩いて行く途中、「ドーン」という音がすると、木々に上って見物する人が大勢いた。河原を埋め尽くした観衆は平和をかみしめ、歓喜の声が上がったという。

神通川の大会は今年が七四回目。初の中止の社告が出た。楽しみにしていた県民はさぞかし、寂しいだろうが、未明に富山大空襲があり、大勢の犠牲者が出たことを忘れてはいけない。

宅配——今も昔もテイクアウト　〔2020・6・3〕

子供のころ、親に連れ立って、町の中の丼物やうどん・そば類の飲食店で食事することはまずなかった。自宅が農作業で忙しいか、母親の体調がすぐれず、食事の準備が大変な時、飲食店から出前を取った。年に一、二度のことだが、まさに「ハレの日」であった。それこそ子供ながら、滅多に口にしない豪華な食事に感激した。

コロナ時代では何のことはない、出前とは宅配のことだ。今や飲食店業は外食産業に様変わりした。本来は出前こそがお客第一の商法でなかろうか。外出が困難な高齢者、繁忙や体調不良の家族、天候が悪い日。自宅でゆっくり、かつプロが作った、あの料理を食べたい。電話やインターネットで注文すれば、指定の時刻に届けてくれる。有り難いことだ。

私の暮らす射水市内の商工会議所、商工会、市役所が協力し、「テイクアウト・宅配利用促進事業」キャンペーンを展開中だ。市内全世帯に五〇〇円の「いみずうまいもん券」（クーポン）二枚が届いた。市内飲食店なら、ほぼ活用できるという。不要不急の外出制限の中、飲食店業は青色吐息だ。この事業は飲食店を支援するためだが、利用する市民からすれば、うれしい企画である。ハレの日がよみがえり、わが家ではこれを機に、「宅配の日」「テイクアウトの日」を設けることにした。

かつて、豆腐屋や魚売りが地域内を車や自転車、リヤカーを引き、売り歩く行商人がいたことを思い出した。希望の商品がない時、「次回に持ってきて！」と注文する光景があった。売り手と買い手のコミュニケーションがあった。もっと言えば、天秤棒を担いだ魚屋さんや野菜売り、夜鳴きそばは、時代劇に登場する。これぞ、デリバリー、出前サービスだ。原点回帰の時代が到来である。

観光地——地元を大切にしたい　〔2020・6・4〕

新型コロナウイルスの感染拡大に伴う、富山県の外出自粛・休業要請が一日、全面解除された。ステイホームを強いられた県民にとって、扉が少し開き、ふっと息を吐いた感じである。

県内の観光地の扉も開き、客足が少し戻ってきた。二か月前、知人が営む地元旅行代理店をのぞくと、「仕事はホテルのキャンセルと外国人の母国に戻る航空便の手配ぐらいです」と寂しそうだった。少し元気が戻っただろうか。

県旅行業協会によると、県内はコンパクトな圏域のため、家族や友人同士で県内の観光地に宿泊するという需要は小さい。職場の慰安旅行で行くことはあっても、家族連れは少ないようだ。温泉旅館・ホテルで一泊というと、つい石川県の加賀温泉や和倉温泉、岐阜県の奥飛騨温泉郷に足が向く。黒部峡谷（鉄道）の玄関口・宇奈月温泉、庄川の清流が望める庄川温泉郷、富山湾と漁火、美味しい魚を前に、氷見の温泉もいい。

県の調査では、四月の県内のホテルや旅館の宿泊者数は、前年比85％減だ。外出自粛が解除されても、なお休業を続ける施設があるようだ。宿泊施設へのダメージは大きい。五月の予約は約90％減、六月も少なく、営業再開に踏み切れない。廃業や従業員の解雇に追い込まれた施設もある。

県内旅行の需要回復を狙い、県は宿泊割引キャンペーンを始めた。県民が対象で、料金は最大で半額。期間は七月末まで。プラン料金に応じて五千円～一万五千円を割り引く。延べ一万人の利用を見込む。外国人や県外客に頼り、元気な富山の再来を待つ前に、大切な地元観光地の復活、需要の掘り起しはまず、地元の手で成し遂げたい。

クラスター――連帯ならぬ連鎖が怖い　〔2020・6・4〕

コロナ禍の中、クラスターとは感染者（患者）集団だと、学んだ。専門家が会見で初めて語った時、どこかで聞いたことのある言葉だった。

私の記憶では富山県南砺市は似たような、八つの小さな町村が幾つも集まる、クラスター型の市を形成する。かつて「平成の市町村合併」の際、理想的な「クラスター合併」を称賛した時代があった。ある意味、小さくとも役割分担し、前向きに連携する。新しいかたちの地方自治をイメージしていた。突然、悪者の代名詞のように使われたため、ピンとこなかった。

元はぶどうの房の意味であり、転じてグループ化をいうが、人口統計学や天文学、ＩＴの分野で使われているそうだ。感染症医療の世界では決して前向きな、言葉ではない。例えば、「カラオケに参加した仲間でクラスターが出来た」「クラスターが次のクラスターを生み出した。連鎖を断ち切れ」とテレビで専門家が解説していた。クラスターの「連携」ならぬ「連鎖」が怖い。

県内では、富山市内の老人保健施設「富山リハビリテーションホーム」、通所介護施設「デイサービスめぐみ」、「富山市民病院」の三か所でクラスターが発生した。ことに同老健施設では最終的に入所者、職員合わせて五九人が感染した。誰もが全体を把握し切れず、コントロールが効かない状況だった。振り返り、「まるで野戦病院だった」と関係者が明かした。

県は医療機関や社会福祉施設で新型コロナウイルスのクラスターが発生した際の体制と手順をまとめた。感染症の専門医がいる病院から対策チーム、同時に災害派遣医療チームを現場に派遣し、適切な医療を提供する。第二波はいつ襲来するか。重要なのは初動体制、クラスターは御免だ。

国民の犠牲――「日本モデルのお陰」「民度が違う」？

〔2020・6・5〕

新型コロナウイルス感染拡大で「自粛警察」という行為が横行した。政府や県の自粛要請に従わず、営業していた店舗に他人が匿名の張り紙などする。県境を越えて車の往来を控えるよう、求められた。県外ナンバーの車に向けて、落書や石を投げる者がいた。警察気取りの嫌がらせだ。

地域内の諸行事の開催の可否を巡り、あちこちで議論された。「飲食は止め、会議は距離を保ち、早めに切り上げれば、大丈夫では……」。結局、「近隣の町内会はどうなのか、じゃあ、うちも中止か」。こんな具合に同調意識というか、同調圧力が働いたことは否めない。

日本のムラ社会の伝統と風土を持つ、抑止力が働いたことは間違いない。反論、異論を唱えることを控え、気づいたら、みんな自粛していた。明日の生活が苦しく、一か月も持たないと分かっていても、閉店したお店がどれほどあったろう。我慢の限界を超え、廃業や倒産、派遣社員やパートの解雇に及んだ店舗や零細企業がやむなく従ったのだ。この現実を直視しないといけない。

安倍首相は緊急事態宣言を解除した五月二五日の記者会見で「日本ならではのやり方で、わずか一か月半で流行をほぼ収束させることができた。日本モデルの力を示した」と自賛した。麻生財務相は参院財務金融委員会で欧米主要国に比べ、死者数が少ない理由について「民度のレベルが違う」と自説を披露した。他国からの問い合わせを受け、「そう言った人には『お宅の国とうちの国とは国民の民度のレベルが違うのだ』、と言って、みんな絶句して黙る」と話したそうだ。

政府の自粛要請に併せ、知事会などは国に事業者の損失補償を求めたが、特措法に規定がないと拒否された。マスクや給付金の遅れも後手に回る。声なき国民の努力と犠牲を忘れるな、と言いたい。

中学三年生――学習の挽回は〝予備費〟で　〔2020・6・6〕

こんな予備費の使い道があるのか――。新聞でニュースを見て、思わず膝を打った。中学三年生の学習遅れを挽回したいと、町の退職教員らが放課後、指導に当たるという。富山県朝日町教育委員会が町内の教員OB・OGに呼び掛け、六月中旬から実現しそうだ。

元教員への謝礼や交通費の財源は、本年度予算の予備費から充てるというのだ。折しも、国の第二次補正予算案に計上された、一〇兆円の膨大な予備費の在り方が国会で議論されている。小さな自治体にとって、小さな金額だろうが、まさに虎の子の予備費だ。町の宝、子供たちの教育のためだ。誰も異論はなかろう。現在、希望者は三年生七七人という。

通常の一斉授業ではなく、生徒からの質問に答える形だ。生徒や保護者から学力低下を心配する声も多いだけに、個々の能力に対応できるため、メリットは大きい。町教委では、授業科目は積み重ねが大事な、英語、数学、国語からスタートし、理科と社会を加えた五科目を検討している。六人の退職教員が一クラスにつき、二人ずつ二時間程度指導する。家庭教師並みだ。新型コロナウイルス感染拡大に伴う休校措置で、学習遅れのカバーと現職教員の負担軽減にもなるだろう。

国の補正予算案の予備費といえば、金額が大きく、予見し難い予算の不足に充てるため、憲法で定めている。なにせ今回は巨額だ。国会で安倍首相は「具体的な使い道に関して、現時点で予見できない」とかわすが、野党は「白紙委任はできない」と減額を促す。

コロナ禍で各層に甚大な被害を及ぼしている。未来を担う子供への影響は計り知れない。それこそ学習、精神面において予見し難い。日本の子供たちのため、予備費を投入したらどうだろう。

九月入学──地域の声を聞いたか

〔2020・6・7〕

失礼だが、田舎の町の学校でもやれるのだ、と感心した。前項で取り上げた新潟県境の小さな町、朝日町の全三小中学校がオンライン授業を導入するというニュースがあった。県内で全校導入した自治体はなく、全国でも例が少ない。新型コロナウイルス感染拡大に伴い、短縮を検討している夏休み期間中の活用を見込む。第二波や自然災害時の運用を想定しているという。

導入の原動力は地域の声だった。町は人口減と財政難に苦しみ、都会からの移住促進に取り組む。保護者やPTAが休校時の学力低下や生活の乱れを心配し、オンラインによる学習支援を求めた。

だが、課題もあった。各家庭の情報格差だ。導入にはICT機器やW-i-Fi環境が整っていること。町教委はそうした環境にない子に図書館などに来てもらい、全員が授業を受けられる態勢づくりを検討する。教育環境には不平等や格差があってはならない。何よりも、低学年は保護者と一緒に授業に取り組める。不登校の子も、家庭で授業を受ける機会を得て、元気になるかもしれない。

思い出すニュースがある。今年度から始まる大学入学共通テストを巡り、試験料や会場数、地方と都会。受験生の経済的、地理的な環境下で不平等が生まれる仕組みに批判が噴出した。文部科学相は「身の丈に合わせて頑張ってもらえば」と発言し、見送りに追い込まれた。

コロナ禍の中、九月入学制で議論百出。安倍首相は国会で「これくらい大きな変化がある中において、前広に様々な選択肢を検討していきたい」と前向きだったが、断念した。地域の声も聞かず、「レガシー」として実績を残したいのか。コロナの中の子どもたち。貧困やひとり親世帯の生活、授業料が払えない大学生……。教育環境や教育格差、家庭の経済格差。政治家が取り組む仕事である。

登校――歓声、笑顔が一番

〔2020・6・8〕

突然の号令だった。安倍首相は三月二日から全国一律の小中高の休校を要請した。新型コロナウイルスの感染から「一番弱い子供を守りたい」と力説した。果たして正解か否か、賛否両論だった。臨時の一斉休校は太平洋戦争中、あったかどうか知らないが、戦後初めてだろう。

「いち早く休校措置を取った北海道に追随した」「聞き入れそうな学校現場を狙った」「教育現場の指導は都道府県が個別に対応すべきこと」「感染状況は県ごと違う。なぜ一律に」等々――いろんな意見、異論が出た。教育現場はむろん、子を持つ親、まして働く親には衝撃だった。明日から自宅に残る子供を誰が、どこで面倒を見るのか。食事はどうする。学習はどうなる。学校も家庭も地域も、てんやわんやの大騒ぎだった。仕事に行けない医療従事者が現れた。感染との背中合わせの医療・介護現場は、人手不足に拍車が掛かった。

長い〝休校〟を経て、富山県内の学校は五月一八日から分散登校が始まり、六月から本格再開になった。登校に合わせ、気持ち良く学校生活を送ってもらおうと、住民らが受け入れ準備をしている。射水市の小杉中学PTAでは、教員と保護者約八〇人が校庭を流れる小川に、カキツバタの苗木を植えた。カキツバタの花言葉は「幸運が必ず来る」。小川のメッセージ看板に「あなたの未来が常に明るくなるように願っています」と記したそうだ。

地域の子供たちと一人暮らしのお年寄りに、食事を提供する高岡市木津地区の「木津ふれあい食堂」。二か月ぶりに再開した。会食からテイクアウト形式に切り替えたという。「笑顔がうれしい」とボランティアらが笑う。やっと、子供らの歓声が聞こえ、笑顔が弾けるニュースが満載である。

こころ支え合う――病、障害者の目線で

〔2020・6・9〕

「気分がすぐれない」「気が滅入る」――不要不急の外出自粛、会話が制限されるコロナ社会。誰もが体験した。深刻なのは「コロナが怖くて眠れない」「外出できずストレスがたまる」と、富山県の「心の健康センター」に二月から五月の間、一三〇件もの相談があった。県議会で報告があった。

仕事を失い、経済的困窮を訴える相談もあった。失業の相談は、ハローワークや社会福祉協議会の窓口だけに届くわけでない。バブル崩壊やリーマン・ショックなど、経済情勢の悪化に伴い、自殺者が全国的に増えた。この三、四月の県内の自殺者は四〇人。コロナの影響との関連は不明だが、前年の三三人を上回る。相談センターは相談員や電話回線を増やし、対応に当たりたい、としているが、今後、自殺者が増えないか心配だ。

先般、障害者団体でつくる「障害者（児）を守る富山市連絡会」のメンバーが富山市役所にコロナ対策で障害者への配慮を求めた。障害者は物を触って確認することが多いため、感染が心配だ。「人との距離が分からない。近づき過ぎて怒られた人がいた」「相手の口の動きで理解しようとしても、マスクでは読み取れない」などと、コロナ禍の障害者を取り巻く現状を訴えた。

金科玉条のようにソーシャルディスタンスやマスク着用の社会だが、置かれた立場、環境によって、まるで世の中が違って見えるのだ。社会的弱者を忘れてはいけない。

かつて社会部に居たころ、仲間と「こころ支え合う」というキャンペーンをした。精神障害者やうつ病などこころの病に苦しむ人が増え、社会復帰と地域社会の在り方を連載した。病院、社会復帰施設、職場、地域社会や家族の支え合いが大切と訴えた。今こそ「こころ支え合う時代」である。

地域福祉――アフターコロナを見据え

〔2020・6・10〕

久しぶりの射水市社会福祉協議会の会合だった。会議室には、マスクを着けたメンバーはソーシャルディタンスを保つ。

前年度の事業決算報告の後、令和二年度の事業予定が議論された。市民の要望や問い合わせ、コロナ禍の影響で生活福祉や小口資金、総合支援資金、住居確保資金の給付金。生活困窮者や職場を追われ、住まいを求める市民もいる。射水市は県内三番目に人口が多いだけに、支援相談数が多い。

コロナ、コロナと日々追われ、新年度事業の取り組みが停滞気味だと、事務局の説明だった。七月には引きこもり対策として、総合窓口を設置し、スタートする段取りだ。市社協と市商工会との初の連携事業。例えば、障害者、高齢者らの雇用が進まない。もちろん、フルタイムではなく、仕事の切り取り、個人の能力に応じた仕事に就きたい。一方で多様な中小零細事業者は、働き手が足りない。両者がマッチングシステムの構築が「商福連携」だ。着実に前進したい。

コロナ禍で見えた、地域福祉の強化は民間力の活用と連携だ。「アフター地域福祉」の構築でなかろうか。高齢者や心身障害者、精神障害者、子どもといった従来の社会福祉法では対処できない。引きこもり、貧困、ひとり親世帯、介護、8050問題、いじめ、子どもへの虐待……。社会福祉協議会や地域が長年、求めた一括対応の改正福祉法が通常国会でやっと成立した。

一つ家庭の中に多様な問題が潜み、絡んでいる。ワンストップの対応、臨機応変な行動が求められる。「地域福祉」は、地域の中の担当分野ごとの連携だけでは機能しない。隣人同士がサポートする、「連帯社会」の構築でもあるのだ。

梅雨よ——コロナを祓《はら》え、洗え

〔2020・6・11〕

朝刊の社会面は、鮮やかなハナショウブの花が映える。カメラマンは梅雨入りをキャッチしたのか、スケッチ写真が清々しい。わが家の庭にクリの木が一本育つ。細長い紐のような花穂を出して、ふさふさした雄雌の花を付けている。つい数日前に花の芽を出し、そろそろ梅雨時と思っていたら、あっという間に独特の甘く、青臭い匂いが漂う。この秋、大きな栗に生長するのが待ち遠しい。

ここ数日来、富山県内は三〇度を超す真夏日が続いた。このまま真夏に突入かと思いきや、気象庁の予報通り、東北南部まで日本列島は梅雨入りした。近年、雨が降らないが、いつの間にか、梅雨入り宣言が出るパターンが多いように思う。本日は梅雨空のジメジメ感を通り越し、いきなりザーザー降りだった。ここまで降ると、コロナ禍の列島を洗い清めてほしい、と願う。

六月の願い事と言えば、「水無月祓《みなづきはらえ》」という言葉がある。六月三〇日に行われる神事、夏越《なごし》の大祓《おおはらえ》を思い出す。近ごろ、一般の神社も行うようだ。射水市内の近くの「十社大神」が初めて、「大祓式・茅《ち》の輪《わ》くぐり神事」を行う予定だ、と宮司から聞いていた。

各々、知らず知らずに犯した罪や穢《けが》れ、災禍を形代《かたしろ》に移し、お払いをする行事である。茅《かや》で作った茅《ち》の輪くぐりもある。神官の後、一般の人が続いて、茅の輪をくぐり、災厄を祓う。今年はたくさんの住民がコロナウイルス感染の終息を祈り、茅の輪をくぐるはずだ。

古人は「梅雨はついふり、つい上がる」と言った。いつの間にか梅雨らしく、いつの間にか梅雨が明けていた。今年はいつの間にか、梅雨もコロナも、消えてほしいと祈る。

コロナ禍の手作りの葬儀――母を見送った家族

〔2020・6・12〕

高岡市に小竹源勇君という同年の友人がいる。里山再生ボランティア団体「きららかネットワーク」の仲間だ。彼の母親が亡くなった。九五歳。コロナのせいで家族と近親者で葬儀を済ませた。二週間後に「葬儀は終了しました」の案内が新聞に載っていた。八三歳のころ、がんが見つかり、病院での治療と自宅療養を続けていた。後々、友人に聞けば、前代未聞の葬儀だったという。

亡くなる三日前。万一に備え、姉と弟の三人で、葬儀の段取りを相談した。葬儀業者に頼み、市営の火葬場に近い葬儀場で葬儀を営む。三蜜のコロナ時代、多くの関係者に知らせる訳にいかない。内輪で営むことにした。けど、「今はコロナの時代。世の中すっかり変わった」「葬儀屋を通さず、家族だけの手で母を送ってやれないか」。誰とはなしに言い出し、手作り葬儀へ動き出した。

市内の病院で亡くなったため、母の遺体を看護師さんに拭いてもらった。普通は斎場や葬儀場への連絡。役所への死亡届。通夜葬儀の準備と段取り。お寺への連絡。葬儀業者に指示されたレールに乗る。最後に喪主があいさつすれば、終了する。だが、自前となれば、大変だ。用意した担架に遺体を載せ、大き目の車で自宅へ。斎場に連絡、業者を介さない葬儀内容の主旨を説明した。

すると、斎場の市職員は「斎場は葬儀屋のためにあるのではありません。皆さんのためにあるのです」と話した。ほっとした。家族らが用意したお棺に「やさしいおばあちゃん、ありがとう」。感謝の言葉や思い出の絵を描いた。友人は「知らない人が見たら、落書と勘違いするはず」と笑う。

お骨を骨壺に入れ終え、女性職員が「よろしいでしょうか」と静かに切り出した、「こんな葬儀は初めて。心の籠ったいい葬儀でした。お母様はとても幸せだったと思います」と語った。みんな泣きじゃくった。

ひとり親家庭――「ひとりぼっちにはさせない」〔2020・6・13〕

世の中には、さまざまな境遇の人々が暮らす。おカネに不自由しない裕福な人がおれば、今日明日の飯を食うことに、汲々《きゅうきゅう》とする家族もいる。ことに、ひとり親家庭には現下のコロナ不況は辛い。

数年前、射水市内の学校の先生に聞いた話だが、夏休みを終え、目に見えて痩せた児童が登校して来た。直感で分かった。普段でさえ、朝食なしで登校する児童がいた。単に慌てて、自宅を飛び出したわけではない。時々、朝食を作ってもらえないと想像した。普段は学校の給食がある。給食は貴重な栄養源なのだ。ひとり親家庭の児童だった。今度のコロナ禍で頑張った「子ども食堂」があったと聞く。

新聞報道によると、県内でひとり親家庭を支援するNPO法人・えがおプロジェクト（富山市、出分玲子代表）に「派遣切りにあった」「家賃が払えずアパートにおれない」との相談が相次ぐ。相談内容は収入減や生活苦だが、休校や保育園の休園で給食がなくなったため、「食事費がかさみ、苦しい」と話す。家計を直撃しているのだ。外国籍の女性からの失業や特別給付金についての相談もあった。シングルマザーであることを周囲に言い辛く、より孤立してしまうケースが多い。

ひとり親に限らず、厚生労働省のデータでは今や労働者全体の四割近くが非正規雇用、正社員との賃金や待遇格差が大きい。コロナ不況で派遣切りに追い込まれた人が多い。正社員だった人でも失職し、生活保護受給申請が大幅に増加している。

コロナ不況で貧富の格差、社会的弱者の実態。社会基盤の脆弱さがくっきりと、浮き彫りになった。どのような境遇の人間だろうが、地域で暮らしている限り、一人ひとり市民である。誰一人、「ひとりぼっちにはさせないまち」でありたい。

酒場――地域・世間の空気の中で

〔2020・6・14〕

新型コロナウイルス感染拡大に伴い、不要不急の外出自粛、巣ごもり生活が続くと、家で打ち込む趣味でもない限り、ストレスがたまる。さびしい限りだ。平時のころ時折、なじみの寿司屋や飲食店で少々、お酒を飲む。飲兵衛ではないが、嫌いではない。店に入り、親父さんや時々出くわすお客と会話を交わすのが楽しい。コロナ禍の中、そこはストレス発散、会話の場だったと懐かしい。

隣席のお客の商売が順調なころ、プロ野球や草野球の話で盛り上がる。商売が下降気味なころ、「そろそろ会社を畳もうか」と言い出し、湿っぽくなる。高齢の母親の介護で大変な様子だが、言葉の端端に親思いが伝わる。折に詰めた握り寿司を持ち帰った。孝行息子だと感心する。

その隣のお客は運送業を営む。冬場、大雪続きで何かと大変だろうと心配するも、「ここ数日来、市役所から除雪出動の依頼で助かったよ」と逆に恵比須顔だ。珍しく、若い女性を横に羽振りがいい。現金収入が入るのだ。今冬はお会いすることはなかった。〝厳しい暖冬の空〟を思う。小さなスペースのカウンター。会話を交わすたびに、地域や世間の空気を感じる。

なじみの酒場は社交場だ。同時に自分自身の今の日常や存在、安心を見つめ直す場所であり、時間である。たぶん、隣のお客も私の話を聞き、自分を見つめているかもしれない。酒場はお互い確認の場なのだろうか。

BSテレビの『吉田類の酒場放浪記』を時々見る。下町の大衆酒場の暖簾をくぐる。一人黙々と飲むわけではない。見知らぬ客やグループと「乾杯！」とやる。吉田さんにとって、酒場は仕事場ではなく、自宅でもない。その中間にあって、「公共の場」「癒しの場かもしれない」と話している。

遥か山々――山小屋の苦境、祈願祭中止も

〔2020・6・15〕

富山県は山岳県だ。北アルプス立山連峰は三〇〇〇メートル級の山々を擁する。県東部の新潟県境、日本海を真下に望む北端から南端の長野・岐阜県境まで連なる。立山連峰は富山平野を屏風のように包み囲む。立山連峰と富山湾の地形が大小の河川とともに、雪と豊富な水をもたらす。

特段、山好きではないが、若いころ、仕事で立山・雄山頂上（三〇〇三メートル）へ同僚と登った。登山口の一ノ越山荘を未明に出て、暗闇の中、立山頂上向かい側の浄土山（二八三一メートル）の中腹まで駆け上がった。風が強かった。必死に岩にしがみつき、取材した記憶がよみがえる。

同じ時間帯、ご来光を拝むため、立山・雄山頂上を目がけ、懐中電灯を頼りに頂上を目指す登山者たちの姿がうかがえた。山小屋付近から頂上に連なる光の帯は幻想的で、登山者の持つ懐中電灯が光の帯を演出した。カメラマンがこれを写真に収めた。以来、二度と拝めない光景である。

遠く望める山々の絶景。晴れた日、富士山も望める。登山の魅力に限りはないが、山小屋での食事、お酒、登山仲間、山小屋のスタッフとの交流は忘れ難い。楽しみが倍化する。この夏、その山小屋がピンチだ。立山黒部アルペンルートの観光客が激減する。登山愛好家も控え気味だという。コロナの影響で三蜜状態を心配するためだ。昔と違い寝泊りは雑魚寝ではない。対策は万全だ。

薬師岳・太郎小屋の支配人・河野一樹さんはコロナの影響で、夏山開き安全祈願祭が中止になったため、仲間と登山者を守る山頂の薬師堂に薬師如来像を運び、無事安置したそうだ。六月は試験営業だったが、七月からコロナ対策を徹底し、通常営業を始める。河野さんは登頂時、覆っていたガスが晴れ、槍ヶ岳や水晶岳など北アルプスの峰々が見えた。山が賑わうことを祈った。

下水道——コロナをキャッチ

〔2020・6・16〕

「医師ベルナール・リウーは、診療室から出掛けようとして、階段口の真ん中で一匹の死んだ鼠《ねずみ》につまずいた……」。カミュの『ペスト』はこんな書き出しで物語が始まった。街中に鼠の死骸が無数に転がる。不気味な光景が市民を恐怖に陥れる。人間には見ない場所に棲みつく鼠。ウイルスを運び、食物や道具に、飲み水に入り込む。

新型コロナウイルスは動物を介し、人間から街中へ、世界中に蔓延した。ペスト禍の時代も感染予防のため、上下水道の整備が進んだという。飲み水や人間の排出物などを処理する大事なインフラだ、と気付いた。

現代において、下水道の下水調査は新型コロナウイルスに限らず、感染症の患者数の状況や予測できる可能性が高い。富山県立大工学部の端昭彦講師らの研究グループが、富山、石川県の下水処理場の下水から新型コロナウイルスの遺伝子を検出することに成功した。ウイルスは感染者の便に混ざり、下水から検出される。下水のウイルス濃度を測定し、状況をつかめるそうだ。

調査は三月五日～四月二四日の間、週一回程度、処理前の下水を採取し、PCR検査をした。両県とも感染が増えると共に、四月中旬ごろから、陽性反応の検出量が増えた。

パリ周辺では、研究者らが一か月以上、下水に含まれるウイルスを調べ、その数の変化がコロナ患者の急拡大のカーブと同様の軌跡を描いた。二〇一三年にイスラエルでも、ポリオが流行した時期、下水調査が威力を発揮した。人間の糞尿に含まれたウイルスが下水に集積されているそうだ。下水は嘘をつかない、〝リトマス試験紙〟のようだ。

就農――逆風にめげず求む若者　〔2020・6・17〕

コロナ禍の中、農産物や魚介類、酪農品のダブつきが報じられ、胸が痛む。農家が手塩にかけ育てた野菜も、飲食店の自粛営業や廃業に伴い、需要が極端に減っているためだ。料理屋が買い求める、高級野菜や魚介類は買い手がつかない。かわいそうな野菜や魚たちだ。

富山県南砺《なんと》市はインターネットを利用したオンライン就農相談を七月にスタートする。逆境の農業を取り巻く中での、前向きなニュースにほっこりした。今まさに超逆風にもめげず、広く就労を求めるとは驚きだ。市は従来、月一回程度の就労相談を、五月から毎週に増やしている。

三蜜やソーシャルディスタンス。対面や面談による相談が難しい。インターネット相談に転換した。来訪できない人にとって、むしろ、有り難い。幸い、沖縄県など県外の大学生からの相談、市内の農業法人への就職や独立経営への支援策の相談があったという。

南砺市は石川、岐阜県境で県南西部に位置する。八つの町村が合併し、合掌造りの平、上平、利賀の山村、五箇山地方も圏域だ。市の人口は合併後も減少し続け、消滅可能な自治体の一つだ。田中幹夫市長は就任後、「『何をつくるか』ではなく、『何を残すか』が大切だ」と市民に説い続けている。農産物の地産地消と里山資源の活用、循環型社会や再生可能エネルギーを軸に地域内の経済の活性化につなげよう、と頑張る。地元の住民に支持される商品は、結果として県外の評価を得る。

そんな地域づくりに燃え、近年、若手の新規就労者が増えているそうだ。本年度は農家の見学をする、就労マッチング事業を計画する。二〇一七年以降は毎年、三人以上の就労希望者が研修や経営を始めた。今ここに来て、成果が出て来た。

議員定数――今、削減する時か　〔2020・6・18〕

地元の富山県射水市議会は来年一一月の選挙を控え、議員定数（現行二二）を三減の一九で決着の方向だ。議会改革特別委員会では現状維持、一減、三減、その他に分かれ、三減が過半数を占めた。定数は二二だが、三年前の市議選で立候補者が定数に届かず、現行一九の欠員のままである。

特別委員会では「現状は一九人で運営している。何の支障もないので三減でいい」「一つに意見集約しないでほしい」との意見が出たそうだ。定数削減は議会改革の一環だが、新型コロナウイルスの影響で、民意を聞くための、各種団体との意見交換会やアンケートが実施しにくくなった、との報告があった。

議員定数をいじる際、条例改正が必要だ。従って、いろんな意見が出るなか、それぞれの政治生命に関わる事項であり、歩み寄りの全会一致が原則でなかろうか。一人でも多数派に回れば、「多数決」で決する。議員定数はそんな軽いものではない。議員一人ひとりではなく、市民一人ひとりのテーマだ。議員のバックには有権者、市民が大勢いることを忘れないでほしい。

射水市の人口は九万三千人。平成の市町村合併で一市四町村が統合した。合併を巡り、住民投票が二度もあった。紆余曲折を経て、県内三番目に人口が多い自治体が誕生した。港と高速道のインター。海、平野、里山に囲まれたバランスのいい地域と自負する。

議員サイドに立つと、テーマが山積し、いくら勉強しても、及ばない地域だ。「議員が欠員でも何の支障もない」のではなく、まさか従前通りの宛てがわれた仕事に満足しているためでなかろうか。コロナ禍を経て、議会はまず、住民と「アフターコロナの地域づくり」を語り合ってほしい。

朝乃山――「人間、辛抱だ」〔2020・6・19〕

「人間、辛抱だ」――関取衆が五月一一日、新型コロナウイルス感染予防に向け、メッセージを公式ツイッターに掲載した。横綱・白鵬は両拳を握り、「乗り越えよう」とエールを送った。富山市出身の大関・朝乃山と同じく大関の貴景勝は、腕を組んだ姿で登場している。人気者の郷土の力士、朝乃山に「辛抱だ」と呼び掛けられると、素直に「そうだね」とうなずきたくなる。

「人間、辛抱だ」は〝土俵の鬼〟と呼ばれた元横綱初代若乃花、大関・貴ノ花（後の二子山親方、大関・若貴兄弟の父）の師弟、兄弟が出演したテレビCMのせりふだそうだ。日本相撲協会によると、「しばらく外出はできない。今はまだ我慢し、乗り越えよう」という思いでツイートしたという。

春場所（三月）の無観客相撲。夏場所（五月）の中止から一か月後の七月場所（両国国技館）は一九日は初日の予定。六月一九日、報道陣の取材に朝乃山は「富山県民が自分の相撲を見て、少しでも元気を取り戻してもらえるよう、一生懸命頑張ります」と答えた。

稽古に励む日々だが、普段と環境が違い、大変なようだ。若い力士のコロナ感染死があったため、なおさらだろう。協会は四月上旬から接触を伴う稽古の自粛を促した。朝乃山は六月一日から相撲を取る稽古を再開した。自身、長期間、相撲を取らなかったのは初めてという。

出稽古はまだご法度。「部屋で稽古すれば、問題ない。少しずつペースを上げていきたい」と前向きだ。取組後のインタビューで必ず、勝っても負けても、「自分の相撲を取るだけ」と話す朝乃山関。昨年の六月は、五月場所で初優勝し、ふるさと富山で凱旋パレードした。いつもの相撲で二度目の優勝。ふるさとの県民も応援している。

始動――立山黒部、五箇山も閑散

〔2020・6・20〕

あす六月二一日は夏至である。富山平野から東の空にそびえる立山連峰。コロナが感染拡大したころ、自宅近くの農道から、雪を頂く連峰を望めた。今は真っ白とは言えないけれど、大伴家持が詠んだ通り、「たち山に降り置ける雪を常夏に……」である。現地へ行けば、雪渓はあちこちに残るも、観光客に人気の雪の壁「雪の大谷」は首を直角に曲げて、見上げるには及ばないだろう。

立山黒部アルペンルートは一九日、約二か月ぶりに営業を再開した。この日の観光客は例年同期の一割ほど、一四二人だった。美女平発の第一便の高原バスには一七人が乗車、少人数といえ、蜜を避けての走行中は車内の換気を行ったという。

アルペンルートは四月一五日に開通したが、乗客はほとんど無し。一八日から長野県大町市・扇沢までの全線で休止していた。待望の再開であるが、団体客の予約は六月がゼロ、七月は前年同月比で一割ほど。寂しい限りだ。アルペンルートは全国でも唯一、マーカー乗り入れ禁止の山岳観光地。ルート開通当初から自然保護を貫く。立山黒部へ何度足を運んでも、絶景にこころが癒される。

南砺市五箇山地方の世界遺産・合掌造り集落は一日、既に観光客の受け入れを始めた。県境移動、全面自粛が解除された一九日、こちらもまばらだった。四月中旬に観光客用の駐車場を閉鎖し、土産物店も自粛営業していた。昨年の大型連休中は一万六千人訪れたが、今年はゼロだった。

合掌集落には今も住民の息遣いがある。世界遺産としては極めて珍しく、文化遺産と生活が同居する。相倉《あいのくら》集落では、かやぶき屋根の管理や周囲の景観保全に年間三千万円以上、要する。費用は観光客が利用する駐車場代など観光収入に頼る。文化を守るため、観光客が欠かせないのだ。

コロナ退散――記録に残る祈るメッセージ

〔2020・6・21〕

このごろ、県内各地からコロナ撲滅や退散を祈るニュースが届く。個人の発案行事や彫刻の作品もあれば、地域の仲間と奉納演奏など多彩だ。どれも「コロナに勝つ」ではなく、「克つ」である。「やっつける」のではなく、負けない、克服するという心意気なのだろう、と勝手に解釈している。

小矢部市の石動駅前商店街の活性化に取り組むNPO法人「石動まっちゃプロジェクト」(田悟《でんご》謙三理事長・北日本新聞小矢部西部販売店主)は市内の観音寺で「おやべ元気回復祈禱祭――お願いアマビエ様」を開いた。護摩焚きと和太鼓の奉納演奏で新型コロナウイルスの終息を願った。スタッフらは疫病退散にご利益があるという妖怪アマビエを、食用インクで描いたせんべいとマスクを参拝者に配った。越中源氏太鼓保存会が「合戦」など四曲を演奏した。田悟さんは「自粛から日常生活を取り戻したい」と話した。

富山市八尾町の元大工、覚田富雄さんは自宅玄関前にコロナ終息を願うメッセージを掲げた。「コロナ撲滅　人類に平和を」――こう文字を書いた板は高級のヒノキ製だ。板の上には自作の屋根を取り付けた。覚田さんは大工経験を生かし、数年前から彫刻を始め、県展や市展で受賞している腕前である。屋根は連なった曲線を持つ「唐破風」と呼ばれる技法という。

この看板、コロナ終息の暁にはどうなるのだろう、と気になった。先に紹介した砺波市内の桑野神社の奉納額から見つかった木札。大正九年、当時の砺波地区がスペイン風邪流行のせいで、相撲大会が中止になったことを、今に伝えている。コロナと闘い、共存する日々。記憶には限りがある。形のある物、記録を残せばいい。地域の連帯を示す、百年後のメッセージになるだろう。

大ホール——30席の瞑想の世界

〔2020・6・21〕

北陸新幹線富山駅北口に出ると、目の前に富山市芸術文化ホール（通称オーバード・ホール）の大きな建物が見える。コンサートや演劇、オペラ公演も可能で日本海側最大のホールだ。市内中心地にあった市公会堂が駅北に移転、一九九六（平成八）年に装いを新たにオープンした。当時、音楽大学の名門、桐朋学園大学大学院の富山市進出と相まって、演劇文化の発信基地の役割を担う。

新型コロナウイルス感染拡大に伴い、オーバード・ホールで予定されていたコンサートやミュージカルはことごとく中止、延期を余儀なくされた。ホームページを開くと、中止と払い戻し案内のオンパレードだ。富山のステージで演奏や踊り歌うアーティストやバックミュージシャンのほか、バックヤードで働く舞台監督をはじめ、大道具や音響などの職人たちの生活が一気に失われた。

何とか復活できないものか。そう思っていたところ、新聞の地域版に「瞑想の世界にいざなう」という小さな記事が目に止まった。場所は二二〇〇人収容可能なオーバード・ホール。写真には薄暗く、紫色の光を浴びた座席、観客はポツリポツリと座る。ヘルメットをかぶり、スポットライトで照らされているため、さては宇宙人か。不思議な雰囲気の会場である。

感染予防のため、二二〇〇席のうち、三〇席に制限し、観客には検温もしたという。富山市出身の劇作家で演出家のタニノクロウさんによる演劇公演が行われた。ホールは五月一九日まで休館、再開後も中止が相次いだ。演劇公演は瞑想をテーマにした独創的な作品。俳優と観客が宇宙人に見立てた劇場を旅するという内容。「今できることは何か。ユーモアを交え表現してみた。劇場とは何かを問い直す時間になれば、うれしい」と語っていた。

飲食店経営者の意地——暖簾《のれん》下ろさず我慢　〔2020・6・22〕

新型コロナウイルス感染拡大で飲食店の休業、閉鎖が相次ぐ中、なじみの飲食店を訪れた。三か月ぶりだった。親父さんも社員の息子らも、元気そうだった。それまで何度か車で店の前を通った。意外にもいつも、暖簾を下ろしてない。廃業や休業ではない証し、と安心していた。そうは言っても、店に入っていいのか、悩んだ末の再訪だった。

少し酔いが回り、控え気味に会話した。聞けば、三月末ごろから五月末まで、ほとんど客が来なかった。仕入れ材料は無駄になるかもしれない。覚悟はしていた。でも、一日に一人でも暖簾をくぐるかもしれない。多くの店は休業の看板を出したが、親父さんは我慢したそうだ。

いよいよ、外出自粛の解除、県外への外出も可能になる。マスクや殺菌、消毒体制などは従前同様、準備万端だ。少しはお客が戻るだろうか、不安はあった。六月を迎え、なじみの客がこの日を待っていたかのように帰って来た。車で駆けつけた県外客も。秋の観光シーズンをめがけ、団体客の予約も若干、入り始めた。

だが、周りの休業看板を出した店は、なかなか戻らないと困惑する。親父さんは想像する。「暖簾を下ろさず頑張っているのだから、コロナ収束の暁に必ず顔を出すよ」と、お客がエールを送っていたのだろう、と好意的に受け止める。

店を出して五〇年以上。暖簾を守るには覚悟がいる。ただ、親父さんには商売人としての〝読み〟があった。一度、暖簾を下ろすと、お客はそう簡単に帰って来ない。一時的にしろ、下ろせば、「儲からないから」とお客は商売人の腹を読む。我慢の甲斐があった、と和やかに笑った。

飲食店経営——カネ回す流れに抗して　〔2020・6・23〕

前項「飲食店経営者の意地」で店主が暖簾を下ろさずに済んだのには、もう一つ理由があった。バブル崩壊少し前、高岡市中心地から郊外で店を新築した。アルミ企業の関係者が大勢、店を利用した時代が続いていた。しばらくして、バブルが崩壊、客は激減した。地域の個人客や団体に助けられ、何とか店を維持した。

リーマン・ショックで再び、経済危機が襲うも、凌いだ。借金も返済した。転換期は北陸新幹線の東京—富山、金沢間の開業だ。北陸がクローズアップされ、新幹線利用者に留まらず、観光バスの団体客に恵まれた。初めての出来事だった。店を新築した際、広い敷地を駐車場に充てた。それが奏功し、団体の誘客に結び付いた。昼も夜も満席の日もあった。全体の客層が大きく変わった。ただ、過去の危機を救ったのは地元の顧客であることを忘れなかった。今度はコロナショックだ。承知の通り、長期間にわたり、どの飲食店にも客は来なかった。生まれて初めてのことだ。

救ったのは現金を所有していたこと。一か月、二か月で飲食店が倒産、閉鎖するニュースが不思議でならなかった。以前、好調な時、もう一店新築しては、と融資の誘いがあった。万一に備え、「身の丈にあった商売」を貫いた。借金は特段ない。店を二、三か月休業しても、従業員に給料を払い、飯は食える。このごろ、世の中、儲けた分、投資する。また儲ければ、投資へ。だが、カネを回す経営を避けた。

資本主義、ことに現代の金融資本主義は投資家が資本（カネ）をひたすら回転させる。企業は手元に在庫や部品であれ、滞留させない。このゲームに当たり前のように、現代の中小企業や飲食店まで組み込まれてしまった。一店一店分析したわけではないが、これが悲劇の実相でなかろうか。

酒米危機――越中に美酒あり

〔2020・6・24〕

パーティーに出席すると、近年、日本酒で乾杯する。富山の地酒を楽しむ会と富山酒造組合が音頭を取り、富山の酒の消費拡大を目指す。こうした動きは日本各地で広がる。

酒蔵、酒造組合、国税局の仕掛けかどうか知らないが、隣の新潟や石川、福井にも銘酒がある。もちろん、地元富山の酒はおいしい。昔から立山連峰からの清流。下流の平野部ではまろやかな、豊富な名水の湧き水がうまい。「越中に美酒あり」と言われる所以だ。

富山は水と酒蔵に限らず、酒米の産地でもある。南砺市の酒米生産の「JAなんと」では、酒米の五百万石と雄山錦などを栽培、順調に生長する。だが、「酒の需要減で注文を減らしたい」と酒蔵からの軌道修正が入る。新型コロナウイルス感染拡大で、飲食店を中心に需要が大幅に落ち込んだためだ。県内の酒蔵だけでも、四月の出荷量は前年比五〇・六％減、ことに酒蔵は吟醸や純米など高価格の酒の生産が高く、飲食店向けが多い。

農家は主食米なら、さまざまな販路があり、酒米は酒蔵一本である。コロナ禍で良い悪いの、酒蔵があるわけでない。行き場を失った酒米は安価な加工用米に回す事態にも。消費需要減は一時的なのか、V字回復するのか。来年の作付面積にも影響する。一時的な需要低迷で、簡単に減らすわけにいかない。一年先の先を見据えた、酒米農家にとって悩ましい判断である。

地酒と言えば、一〇日ほど前、涼しげな日本酒にごり酒・十二本が並ぶ、写真が北日本新聞に載っていた。県内日本酒メーカー十二社が夏に需要が落ちるため、二〇一〇年から栄養豊富、夏バテ防止に役立つと、にごり酒の連携企画をした。昨年に続き、今夏もにごり酒、冷やして飲もう。

身近な外国人——今も昔も「水際」が重要

〔2020・6・24〕

新型コロナウイルス感染拡大が収束し、緊急事態宣言が解かれ、ほっとするも束の間、このところ、相次いで海外からの帰国者の感染が確認された。県人を含むパキスタンとフィリピンからの帰国者で、成田と関西空港の空港検疫所の検査で分かった。

富山県はもとより、地方に外国人在住者が多い。私が住む射水市には、日本海側最大級の富山新港がある。二十数年前から外国人の中古車業者が居住する。以前は旧ソ連（ロシア）の業者が移住し、中古車を大量に買い付ける。国道沿いの田んぼを埋め立てた空き地に、事務所と大量の車が並ぶ。異様な風景だ。近ごろ、ロシア人からパキスタン人に変わった。車は中東諸国に運ばれているようだ。

中古車販売絡みだけでなく、地方には研修生としてパキスタンのほか、フィリピン、ベトナム、中国人らが働き、身近なところで姿を見る。家族揃って移住し、小学校に通う子供も。当然、家族で祖国に戻り、日本に帰る光景は日常である。地域においては「多文化社会」だ。

富山県警察史、高岡市史などによると、一八八六（明治一九）年にコレラが流行した。県内で一万七〇〇〇人余りが死亡した。大阪に次いで全国で二番目に多かった。一八九五年もコレラが流行、全国で四番目だった。高岡市出身の、日本経済史専門の二谷智子愛知学院大教授は北日本新聞に「富山県は船による経済活動が盛んで、感染が広がりやすい環境だったのでは」と説明している。

かつて、日本海側の北前船が北海道や富山、大坂へ物資を運び、港と港をつないだ。太平洋側ではなく、拠点は日本海側だった。富山市や高岡市は国内で有数の人口を有していた。今や地方空港も海外都市と結ぶ。外国人の感染者が見つかって当然。水際は重要、気を緩めてはいけない。

移住促進の決め手――考える機能取り戻せ 〔2020・6・25〕

内閣府は新型コロナウイルスの緊急経済対策で地方自治体に「地方創生臨時交付金」二兆円を配るという。事業継続や雇用維持に一兆円は感染者の多い都市部へ、残り半分は地域経済活性化のため、地方に配分する。各県知事は満足のようだが、九月末までに事業実施計画を国に提出し、正式に配分額が決まる。予算の大枠と事業項目は国が決める。地方は可能な限りカネをもらう。詳細プランづくりは後で提出し、まず合格証を頂く。陳情攻勢の成果である。

ポストコロナの地方と国。地方創生や移住促進、人口の地方分散を考える時、今度の予算配分や国の予算措置に添う使い道の検討は、旧態依然たる手法である。地方は国の権限と財源を霞が関から奪取しない限り、ポストコロナに未来はない。

移住を促す最大の条件は地方の魅力である。働く場、生きがいの持てる雇用、子どもを受け入れる学校、安心できる子育て環境、魅力的な高等教育機関……。挙げれば切りがないが、その土地らしい地場産業や魅力的な伝統産業、新たな産業、農業への挑戦。住んでみたい、働いてみたい、心が弾む生活や自然環境。ＡＩ、５Ｇ、インターネット、テレワーク、オンラインの時代。地方で主に仕事をし、暮らす。週に一度は東京へ。こんなライフスタイルが可能だろうか。

調査によると、首都圏在住のほぼ半数が地方で暮らすことに関心があるという。関心から行動に移す要因はなんだろうか。東京の真似事、霞が関の言いなりの地方自治体に魅力はない。先進的な取り組み、何よりも地方の人々がわがふるさとのため、自ら考え、知恵と汗を流す。住民は田舎生活を楽しんでいるか。ポストコロナは新たな豊かな生活――それは地方ごとに異なる。

高岡銅器――プロが連携、新商品で活路

〔2020・6・26〕

自宅玄関の下足箱の上に、高岡市の地場産業・銅器製品、「おりん」が置いてある。高岡勤務時代、神仏具制作卸の「山口久乗」の社長・山口敏雄さん（現会長、伝統工芸高岡銅器振興協同組合理事長）から頂いた品である。仏壇の小さな鍾を鳴らせば、「チーン」と響きわたる仏具である。「おりん」は癒しの音色として、近ごろ、一般商品化した話題の高岡銅器だ。

来客に「なぜここに」と尋ねられると、「『おりん』の響きは人のこころを優しく、静かに包み込み、落ち着きますよ」と説明する。特段、PRする訳ではないが、忘れたころに静かに一度鳴らしてみる。その響きは波の音、小川のせせらぎ、風にそよぐ木の葉の音にも劣らない。落ち着くのだ。

新型コロナウイルスの終息の見通しが立たない中、地域経済が失速した。ただ、苦境の中、高岡銅器には新技術やデザイン、コンセプト、販路などが連携し、活路を見出そうと動き出した。幸い、百貨店の再開など最近、明るい兆しが見えてきた。山口さんは「高岡にはプロが揃っている。コロナ禍は必ず乗り越えられる」との信念があった。

報道によると、銅の抗菌剤作用に着目し、木材や紙など銅以外の素材に金属を塗る技術を活用したマスク開発。足踏み式の消毒液スタンド。市内と県外の会社の協同開発、タッグを組んだ成果が出始めた。製造拠点は中国など海外ではなく、地場の業者同士という強みが生かされた、という。地場産業、伝統産業復活のヒントは地元にあり。多様なものづくり会社が多い土地柄なゆえんだ。

山口さんはコロナの影響で「おりん」の展示会が中止に追い込まれたが、ホームページを拡充し、七月ごろには音色を楽しめるよう準備している。高岡銅器、「おりん」の音色のように響き渡れ。

静脈産業——循環社会が進化する

〔2020・6・27〕

コロナ下、町内のごみ集積場に大量の廃棄物が不法投機された。椅子や机、金属類など事務所か家庭で使用していた廃棄物だ。夜間にこっそり運び込まれた。偶然、住民が目撃したため、ワンボックスカーの男二人組が急発進し、逃げた。自粛生活で家庭ごみが増える傾向がある。自宅での食事が増えたため、やむをえないが、不法投棄はご法度だ。大量の不法投棄物を見て、「もったいない」。

大量生産、大量消費の時代。生産側が血液（生産物）送り出す動脈に例えるなら、消費後の廃棄物をリサイクルする側は静脈だ。動脈（産業）と静脈（産業）が循環する循環型社会、ゼロエミッション構想が叫ばれて久しい。

コロナ禍で、ものづくり産業は足踏み状態。連動するリサイクル産業は同様だが、高岡市の総合リサイクル業、ハリタ金属が「世界初の新技術を駆使し、新幹線新型車両の部品に再生アルミを利用」という明るいニュースが載っていた。ＪＲ東海、三協立山（本社高岡市）との共同開発である。

詳述できないが、車両に使われているアルミの用途、部位ごとにアルミが異なる。安全性が求められる高速鉄道への再利用は不可能とされていた中、可能にした。技術革新で引退した新幹線車両が別の形でよみがえる。張田真社長は「富山発のリサイクル技術で環境への負荷抑制と経済の発展、両立させたい」と意気込む。

富山市北部のエコタウン産業団地に立地する日本オートリサイクルは、持ち込まれた車の98％超を再資源化する。五十嵐優社長は、新たな時代と事業環境の変化に対応したリサイクルを模索する。世界で持続可能な社会が叫ばれる。それぞれの企業や地域で進化する静脈産業である。

大切なボランティア――活動停滞に苦悩
〔2020・6・28〕

地元のボランティア団体はコロナ禍に伴い、活動休止状態である。人と人との「つながり」で動くボランティア。人との密接な接触はなくても、共に行動し、こころの触れ合い、支え合いがボランティアの大切なキーワードだ。

やっかいなのは春先からの自粛ムードに慣れ、地域内の各種会合の中止が相次ぐ。射水市の社会福祉大会が一〇月に予定されている。当然、コロナ禍を引きずる秋ごろ、どんな風が吹いているのか。想像できない。実施に向け、運営方法やテーマに工夫が必要である。だが、市民が集まる会合は「三蜜が心配。実施できるのか」との懸念の声がある。当然だ。

しかし、自粛の風に慣らされ、思考停止状態になっては危険だ。この三、四か月間、感染予防対策を試行した。マスク着用、フェイスシールド、ソーシャルディスタンス、オンライン会議……。かたちを変えても、アイディアを出し合い、新たなスタイルの大会にしたい。日常のボランティア活動も大勢の参加が望めなくても、人数を絞り、回数を重ねるなど、いろんな運営方法がある。

福祉分野ではないが、私が所属する里山再生ボランティア団体「きららかネットワーク」は里山が現場である。三蜜の心配は無用。中高年が多いだけに、若者の参加を期待する。

前述した「コロナに負けるな『菊ちゃんハウス』」で紹介したコマツナ栽培と関係を結ぶ。「きららか」では、竹林整備の一環で間伐した竹の粉末を使い、竹ヨーグルトを生産している。コマツナ栽培で肥料として、竹ヨーグルトを活用する。甘みのあるコマツナに育つ。どんなボランティアも利害関係抜きの、「つながり」を呼ぶ、地域に大切な存在だ。

エコバック——環境に優しく、コロナに克つ

〔2020・6・29〕

全国のスーパーやドラッグストア、小売店は七月から、レジ袋の有料化をスタートさせる。全国に先駆けてマイバッグ（エコバッグ）運動を展開、実践する富山県民からすれば、遅きに失している。折しも、新型コロナウイルスの感染拡大でアメリカ・サンフランシスコ市内では、「マイバッグは危険」の声が出ている。マイバッグの〝名誉〟のためにも、取り上げた。

買い物の流れは、棚から取り出した商品を買い物かごに入れ、レジで現金やカード支払い後、自分で商品を持参のマイバッグに収める。毎日のようにマイバッグを使うが、他人が触り、扱うわけではなく、不衛生という指摘は当たらない。むろん、定期的に洗う。お札を触る方がよほど危ない。

県民のほぼ全員、95％がマイバッグで買い物をしている。私は車の中に所持している。自宅に置き忘れた場合、レジ袋を有料でもらう。自分のおカネを出して買うのが気恥ずかしい。それほど、マイバッグが市民に浸透しているのだ。

富山県内で二〇〇八年四月、スーパーなど二八社二〇〇店舗余りが一斉にレジ袋の無料配布を取りやめた。事業者と消費者団体、行政がレジ袋削減の協議会を設立し、協力店がレジ袋の有料化を推進した。今では五二社五〇八店舗まで増えた。スタート時から十一年間でレジ袋が一五億枚以上、石油ドラム缶一四万本分のレジ袋が削減された計算になるそうだ。レジ袋削減運動はリサイクルや地球温暖化、海洋汚染の深刻化に対する意識を高めた。脱炭素化社会へ導くはずだ。

七月から全国の小売店でプラスチック製レジ袋の有料化が義務付けられる。たかがレジ袋、されどレジ袋。環境破壊の果て、都会へのウイルスの侵入を許した。エコバッグはコロナに打ち克つ。

納涼祭中止――感染者ゼロ続きも警戒

〔2020・6・30〕

このところ、県内にはピリピリした雰囲気はない。外出の自粛が解除されたためだが、一〇日ほど前の朝刊に「県内入院患者数ゼロ、31日連続新規感染なし」と報じていた。入院患者のピークは四月二八日、一〇四人。この時の病床使用数は一二六床に上り、最多だった。五月二〇日以降、人工呼吸器などが必要な重症者は一人もいない。ホテル療養者は全員退出したそうだ。

安心して街中に出掛けると、マスクを外し、歩く人はまずいない。警戒感もあるけど、エチケットとして定着した。うっかり忘れ、気づけば取りに引き返す。スーパーやドラッグストア、生活用品店ではマスクやソーシャルディスタンス、消毒液での手洗いは励行だ。

いよいよ明日から七月。夏本番だ。そろそろ、県外、上京を考えている人もいようが、都内の感染者数が連日、五〇人超えだ。北陸新幹線富山―東京間は一時、乗客ゼロ、空気を運ぶ日々、当然の間引き運行だった。今、ダイヤは日常に戻るも、一車両に一〇人程度で、コロナ前には遠く及ばない。県内の夏の花火大会や夏祭りは軒並み中止だが、お盆の里帰りや観光客が動き出すだろう。

私の町内会主催の「納涼祭」開催の可否について、役員会で協議した。例年、お盆前の土曜日に諏訪社境内で生産部、青年団、女性部、児童クラブ、老人クラブ、消防団など各種団体が協力し、焼きそばや焼き鳥、お酒を用意。子どもらはゲーム遊び。カラオケも人気コーナーだ。とはいえ、参加者や関係者の健康と安全面を第一に考慮した結果、やむなく中止決定した。異論の声は出なかった。

そうこうしているうちに秋の風が吹く。九月一日から始まる坂の町・八尾町の「おわら風の盆」は、とっくに中止が決まった。まさか第二波の到来？　そうならぬよう怠りなく、準備したい。

July

7月

目立つ空き家

ボランティア団体・きららかネットワークが住民との交流活動に活用＝射水市内

7月の出来事

7. 9 東京で最多の224人感染、緊急事態下を超える。第二波が接近

7. 22 観光支援事業「Go To トラベル」が東京を除き、道府県で始まる。政府方針に知事ら反発

7. 25 国内感染者数が3万人超え。ここ3週間で1万人増

暗い7月スタート――しわ寄せは弱い者に

〔2020・7・1〕

きょうから七月、夏本番だが、梅雨真っただ中だ。新型コロナウイルスに翻弄されたこの五か月。月初めに経済指標が発表された。今朝の新聞各紙にはショッキングな数字が並ぶ。湿っぽいどころか、豪雨並みである。

本日の北日本新聞は解雇された四〇代の男性を取り上げていた。スノーボードのインストラクターになる夢を追い、安定した公務員から転身し、二〇年間も富山県内のホテルの従業員として働き、冬場は近くのスキー場で過ごした。ところが、コロナが襲い、ホテルの仕事が激減し、この五月に解雇通知を受けた。ホテルでは調理場を担当し、いい仲間に恵まれた。環境は悪くはなかったが、希望退職者を募ることなく、一方的に切られた。仕事はむろん、今は寝泊まりする家も決まっていない。友人を頼るしかないという。

男性同様、県内の解雇や雇い止めは六月だけで一三六人に上った。コロナ関連の累計で四〇七人。数字には出にくい、やむなく辞めた飲食店や病院のパート職員がたくさんいる、と聞く。第二波が押し寄せると、かつてない経済不況が心配される。全国の失業者は二百万人に迫る勢いだ。

県内の五月の有効求人数は前月比の8・2％減。第二次オイルショック以来という。私は一九七三年の夏にかけ就職活動を終え、直後に第一次オイルショックが襲った。採用取り消しは免れたが、その後の日本経済は低迷し、一、二年新採を控えた企業が相次いだことを思い出した。

先の男性は「しわ寄せは立場の弱い者に来る」と語る。このような不安を抱き、苦しむ人が増え続けるのか。

感染者ゼロストップ――危機感だけ煽るな

〔2020・7・2〕

県内で五月一八日以来の新規感染者が出た。ショックだ。お盆ごろまで「ゼロ続き」と、勝手に思い込んでいた。感染者は高校生。親や友達とそれぞれ、県外に出掛けたという。記者会見した石井知事は「首都圏をはじめ感染者が多い地域への移動は慎重に」と県民に注意を呼び掛けた。

県は既に観光客の積極的な受け入れやPRなどを進めていただけに、ショックは隠せない。この日、東京都の感染者数が最多更新したため、担当大臣は「緊急事態宣言なんて、もう出したくないでしょう」と投げ遣りな口ぶり。「責任は国民」と言わんばかりである。

この数か月間、国や自治体はコロナ対策の不備、対応策を学習している。自粛緩和に伴い、人が動けば、ある程度の感染者が出る。PCR検査体制は格段に整備されたはずだ。自治体も独自に判断し、実行していいのだ。そもそも、感染症の対応は知事に権限があり、義務でもある。国の顔色を伺うことなく、うまくいった都道府県があったことは周知である。

和歌山県の済生会有田病院での院内感染対応が良い例だ。国はそのころ、「三七・五度以上の発熱が四日続くまでは受診を控えて」と呼び掛けていた。だが、仁坂知事は独自判断で院内の濃厚接触者だけでなく、他の病棟の全ての医師や看護師、出入り業者など格段に検査範囲を広げた。和歌山市や大阪府にも、検査の応援を要請した。県民の〝安心感〟の確保が重要と判断したのだ。

結果的に終息を早めた。「国が何と言おうと県で判断した」と知事は言い切る。保健所のPCR検査やマンパワー、病院や医師会、ホテルなど感染者受入れ態勢……。第二波に備え、感染者数に驚いても、危機感だけ煽らないでもらいたい。どの自治体も万全のはずである、と信じたい。

1億円効果――どう使うか勝手でも、さてどこで

〔2020・7・3〕

先日の北日本新聞の小さな地域版ニュース。見出しに「1億円効果」が目に入った。一瞬、どこかで聞いた数字だと想像した。そう、かつて竹下登首相が提唱した「ふるさと創生事業」の一億円である。昭和から平成にかけてのバブル経済の中、全国の市町村一律に一億円を交付した。地方交付税を使った公共事業である。

政府は自治体自らが主導し、創意工夫し、地域振興を図る地域づくりを促した。イベントであれ、モノを買うにしろ、「地域振興」「地域づくり」と判断すれば、何でもいいのだ。いわば「知恵比べ」のようだった。お陰で悩んだ末、金の延べ棒を購入し、展示するなど珍アイデアが続出、話題あふれる事業だった。ちなみに私が住む射水市内の旧小杉町は町内会や団体が競う、創作みこし祭りを始めた。旧下村では一億円を基金に毎年、村内児童のディズニーランド旅行を企画した。

先の見出しを正確に言うと、「市職員利用で1億円効果」。開会中の射水市議会で中村文隆議員が国民一人に一〇万円特別給付の使途について「市職員千人が市内で使えば一億円の経済効果がある」と述べ、疲弊した市内事業者に対する支援を求めた。答弁した夏野市長は「対策本部会議で職員向けに地域経済回復に配慮するよう通知した。活性化、回復につなげるよう努めたい」と真摯に答えた。

日々、市民のために働く地方公務員。給料の原資は税金だ。働けど、減額はおろか、解雇通告を受けた市民もいるはずだ。「市内で使う」の思いには納得する。でも、市外の職員も結構いる、どうする。飲食店や衣類、電気製品、家具類など生活用品。挙げれば切りがない――。とりあえず、市内の金融機関に預けた人もいよう。金は天下の回り物。回り回って、一億円効果に期待したい。

新しい「生活様式」――「日常生活」に定着　〔2020・7・4〕

初めてソーシャルディスタンス（社会的距離）を促されたのは二月末、近くのコストコのレジ前だった。社員が何人も張り付き、二メートル間隔を指示していた。今、スーパーのレジ前には足跡のマークが等間隔についている。自然と足跡に立ち、順次前の足跡へ前進する。指示されるわけではないので、諦めなのか、苦痛を感じない。スーパーでの当たり前の「生活様式」が定着した。

同類の様式と言えば、マスクの着用。会話する際には可能な限り、真正面を避ける。飲み会で長テーブルに対面方式だったが、先日友人らとの久しぶりの会食では、広々とした部屋でコの字型に座った。真向かいに対面し、ビールをグラスにつぐスタイルは消えた。これも意識として自然に働いた。職場ではテレワークや時差出勤に伴い、ゆったりとした職場空間。マスクや手洗い、お店の入口に備えてある消毒液での手洗い、帰宅後の入念な手洗いとうがい。これも新型コロナウイルスの出現に伴い、定着した「生活様式」だ。

このほか、政府の感染症専門家会議の提言に「発症した時のため、誰とどこで会ったかをメモをする」「接触確認アプリの活用も」とあった。こちらはぼけ防止と思い、一〇年前から会った人、出来事をメモ書きの日記をつけている。幸い習慣化した。新しい「生活様式」は、仕組まれた行動様式になじみ、誘導されつつも、自然と行動しているから不思議である。

しかし、日常風景の断面を切れば、駅には人がまばら。お客が少ないデパート。歓声が少ない遊園地。満席でないコンサート会場、ブラボーの声が聞こえない。「日常生活」からかけ離れている。新生活様式は今後、定着しても、お客がまばらなまちの風景は異常でしかない。

コロナ禍の豪雨災害――高齢者施設が犠牲に

〔2020・7・5〕

新型コロナウイルス感染拡大に伴い、自治体や地区ごとの自主防災訓練が早々に中止が決定した。私の地区でも毎年、七月末に避難訓練や防災マニュアルへの理解、炊き出し訓練などを実施しているが、中止になった。例え、雨がひどく、訓練場所を屋内に切り替えても、中止は異例のことだ。

地区ごとの防災訓練は、近くのコミュニティセンターに自治連合会で組織する地区自主防災会を中心に市消防団の分団や地区赤十字奉仕団が参加し、大火災や地震、豪雨災害などを想定し、行っている。スケジュールをこなす訓練とはいえ、「危機意識」を高める貴重な一日だった。

コロナ禍の中、梅雨前線が停滞し、熊本県南部で強烈な雨が降り、四日現在で球磨川が氾濫し、広範囲で冠水し、多数の死者、行方不明者を出した。球磨村の球磨川支流近くの特別養護老人ホームが浸水、多数の死者や不明者がいるようだ。近年の災害時、土砂崩れや冠水に襲われるのが高齢者福祉施設。ことに地方では山あいや河川の近くに立地しているためだ。建設費を抑え、かつての〝姥捨て山〟のように危険地帯で高齢者らが暮らす。

集中豪雨や台風の被害が増える中、高齢者施設の入居者が巻き込まれるケースが相次ぐ。二〇一六年の台風では、岩手県岩泉町の高齢者グループホームに氾濫した河川の水が浸入し、入居者九人が犠牲になった。日ごろの避難訓練や避難計画が奏功し、難を免れた施設もあった。

一方で、こうした高齢者施設を山あいや里山、河川沿いから町なかへ、移転する動きがあるそうだ。町なか自体、空洞化しているとはいえ、子供らの歓声が聞こえる学校や保育所、商店街、何よりも住宅地である。暮らしの臭いがするまちは楽しく、安全なのだ。

解雇と雇用――地域の住民、若者を見捨てないで　〔2020・7・6〕

現役時代に経験した解雇と雇用にまつわる話。まだ記憶に新しいリーマン・ショック。「百年に一度」と言われた世界的な経済危機だ。突然起きた。二〇〇八年九月一五日、米国の投資銀行、リーマン・ブラザーズ・ホールディングスが米史上最大の負債を抱え、経営破綻した。行き過ぎた金融資本主義が世界的危機に及んだ。当然、県内企業も直撃を受け、仕事が激減、道を断たれた。

大手のある企業はいち早く、大規模の従業員を解雇した。会社の生き残りのため、止むを得ない判断だったのか。関連会社ではないが、知り合いの某中小企業を訪ねた。会社に行くと、従業員とおぼしき大勢の人が敷地内の草取りに励んでいた。社長にわけを聞くと、ここで働く社員はみな、地域内の人たちばかり。急に解雇とはいかない。「給料は半分だが、それでもいいか」と尋ねた。結果的に残った社員には仕事がないので、草取りをお願いしたという。

リーマン・ショック直後、おいそれと再就職が可能とは思えない。この経営者は我慢を覚悟し、技術のある、同じ地域の住民を守ったのだろう。その後、経済は徐々に上向き、会社は軌道に乗った。ただし、給料がどの程度、回復したかは知らないが、地域と雇用を守ったことは事実である。

リーマン・ショックから二年後だったろうか。出版関連の事業でアルバイトを数人募集した。二〇代後半から三〇代。女性を中心に三、四〇人応募があった。履歴書を審査し、面接したところ、仕事が出来そうな、どの女性も有能な、しっかり者ぞろいだった。思えば、応募者の多くはリーマンやバブル崩壊で就職の機会を失った氷河期世代だった。その後、人口減少時代と人手不足時代を迎え、氷河期世代を救おうと、今やっと国も少し動き出した。有能な人材を放置した傷は深く、ツケは大きい。

コロナ禍の「日常の色」鮮やか――青一色、夕焼け……　〔2020・7・7〕

朝から県内は激しく、雨が降りしきる。新聞の見出しは「熊本豪雨」から「九州豪雨」に変わった。土砂崩れ現場で捜索活動する警察官や消防団員、重機でガレキを持ち上げる災害現場の写真が悲しい。少し前、コロナ禍の医療現場や人影が消えた街の風景も寂しかった。このところ、胸が締め付けられる風景ばかり見ているようだ。

昨日の北日本新聞に「読者写真コンクール」の入選作特集が掲載されていた。一席（一等）のタイトルは「感謝の気持ちを込めて」。富山駅北の富岩運河環水公園の大門橋と手前のカーテンのライトアップは刻々とさまざまな色に変わる。シャッターチャンスは真っ青な情景だ。「ブルーライトアップ」の取り組みは、医療現場の人たちを励まそうと、世界中に広まっているそうだ。

三席は「Ｓｔａｙ　ｈｏｍｅでバードウオッチング」。望遠レンズを構える祖父？　双眼鏡をのぞく孫？　二人並んで部屋のベランダから、自宅庭に飛んできたシジュウカラを観察している様子。休校で学校に行けないけど、仲良く野鳥観察が出来たのも、ステイホームの贈り物だろうか。

順序が逆になったが、二席は「日没までもうひと踏ん張り！」。田植えを終えた五月中旬ごろか。夕焼けに染まる水田の中、一人手植えで補っている風景。山並みをバックに腰を曲げ、働く姿のシルエットが温かく、美しい。これこそ、日常の風景。原風景でもある。

七月に入り、水田の苗はぐんぐん伸び、一面グリーンだ。もう五〇㌢《センチ》ぐらいか。強い風が吹けば、生長した苗はしなやかに揺れる。青嵐《あおあらし》の風景と言うのだろうか。

本日は豪雨の中の七夕である。

難民に思い馳せ——平和を希求、展覧会開催

〔2020・7・8〕

コロナ禍で美術展の中止が相次ぐ中、砺波市美術館で同市の洋画家、吉川信一さんと南砺市の染織工芸作家、香川眞有美さんによる「となみ野二人展—平和と光」が開かれている。分野が異なる二人展は初めてという。雨の合間を縫って、久しぶりに美術館を訪ねた。

同美術館は富山県砺波地方を拠点に活躍する作家たちの発表の場。砺波地方は散居村で知られ、織物や彫刻など伝統産業、チューリップ球根栽培とチューリップフェアが有名だ。自然と歴史、祭り、文化に育まれた芸術家を多数輩出し、二人展はその流れの中で美術館が企画した。

吉川さんとは「中東」をテーマに既知の仲である。私は一九九五年一〇月、共同通信の中東取材団に参加、レバノン、シリア、イスラエル、パレスチナ自治地区・ガザ、エジプトを取材する機会を得た。イスラエルとパレスチナ解放機構（ＰＬＯ）の自治拡大協定調印から間もないころだった。

吉川さんは縁あって二〇〇八年、東京の作家仲間らとレバノン・ベイルートのパレスチナ難民キャンプで暮らす子供たちの美術指導に参加した。夢と希望が閉ざされた子供たちのこころを解放すべく、未知の仕事だった。吉川さん自身、帰国後、「人間として生きるということの意味」「将来の希望をどこに求めるべきか」——問い続ける中、一人の子供が語った言葉が忘れられない。「私の希望は故郷でいろんな人たちと共存することです」。以来、「平和」「共存」は吉川さんのテーマになった。

美術館会場には、難民キャンプで出会ったパレスチナの人たちをモチーフに描いた大作が並ぶ。相方の香川さんの作品は、人間の生命力が流れる水のように感じた心象風景を描く。二人のテーマは「平和」と「光」である。鑑賞を終え、日々塞《ふさ》ぎがちなこころが少し明るくなった。

コロナ禍の戦後75年——記憶、記録に残したい戦禍〔2020・7・9〕

今年はコロナ禍の戦後七五年。旧満州や東南アジア、太平洋南方諸島、そして富山大空襲で命を失った県人は限りない。悲惨な戦争の犠牲者を悼み、平和の大切さを語り継ごうと、終戦記念日を中心に県内の戦没者慰霊祭、追悼行事がコロナ禍のため、相次いで中止や縮小が決まった。

富山大空襲を語り継ぐ会のメンバーが高齢化し、語り部は不在だ。例年、学校や福祉施設へ出向き、体験をもとに戦争の悲惨さや平和の尊さを訴えていた。記憶に基づく体験を語り継ぐことは、いつか途絶えるが、親や祖父母から聞いた体験を語り継ぐ、継承ほど大切なことはない。

二〇〇四（平成一六）年、戦後六〇年。読者から戦禍の体験談を聞き、社会の共通体験とする機会はいずれ途絶えるだろう。体験を書き残し、記録するには最後になるかもしれない。北日本新聞社は、そんな思いで証言録「とやま戦後還暦」を募集したところ、一六三人から寄せられた。全ての証言を紙面掲載し、一冊の本にまとめた。その中の一つ（要約）を紹介したい。

昭和二〇年八月一五日の正午、二三歳の私は父とラジオで終戦を告げる玉音を聞いた。父は肩を落として涙を流した。既に兄は赤紙一枚で召集され、南方へ。弟は軍艦の機関兵となったが、魚雷で沈没し、共に戦死。父の唯一の救いは末弟が帰ってきたことだ。弟は予科練に志願し、舞鶴から特攻隊として八月一五日夕、出撃の予定だったが、ぎりぎりのところで助かった。父は無事を喜んだ。緊張の糸が切れたのか、翌年の春祭りの夕食後に倒れ、そのまま帰らぬ人となった——。

寄稿者は富山市内の林はつ枝さん、八三歳。多くは六〇代後半から八〇代前半がほとんど。あれから一五年。初枝さんの伝言は気持ちのこもった、しっかりした文章だった。

再び移住促進――テレワークが牽引？

〔2020・7・10〕

コロナ社会で聞いた話。県内の知人二人の息子と娘が東京の電子系有名企業で働く。二人は東京都内、神奈川県内に立地する研究所の研究者だ。社名に負けない高給だし、休日もしっかり取得できる。コロナ禍で勤務形態が一変したという。いち早くテレワーク導入を宣言したA社の研究員はテレワークのみ、いまだに神奈川県内の会社には出勤していない。必要な打ち合わせや情報交換はインターネットやオンライン、テレビ会議で足りるのだろう。都内B社の研究者も、同様だ。

在宅勤務は実験的だろうが、働き方改革を唱えても、産業や業種が異なるため、現実味が乏しい。そこにコロナ禍で感染リスクを抱えてまで、都心のオフィスに集まることに疑問符がついた。オフィスの広いフロアで四六時中、議論し、仕事をすることはそうないだろう。多くはパソコンに向き合い、黙々とデータ分析や文書作成、少し離れた同僚にもメールのやりとりで済む。雑談は小さな喫煙ボックスか、昼食時か。こんな体験は都心のオフィスでなくても、普通の職場の日常風景かもしれない。となれば今どきの、地方の企業のオフィスとそう変わらない情景だ。

いっその事、企業が社員に地方への移住を推奨する。一等地のオフィスの管理や都心に通うには、莫大なエネルギーを要する。むしろ、高い報酬を保証し、東京へは「逆に出張にします」と改革する。故郷や地方への移住を考える社員の背中を押すかもしれない。

先の実家の親は「富山に帰って、仕事をしたらどうだ」と冗談交じりで話すけど、本人は帰る気はないらしい。移住の決め手は何か。東京暮らしのデメリットは分かるが、魅力は捨てがたい。されど、東京に勝る、故郷へ足を向かわせる魅力がぱっと浮かぶか。それが問題である。

思い出作り——相次ぐ学校行事中止に泣く

〔2020・7・11〕

過日、母校の校長先生に偶然、お会いした。新任のため、さぞ張り切っておられるだろうと思ったが、コロナ対策でいろいろ頭を悩ませていた。

授業やクラブ活動はむろん、「三年生の卒業アルバムが作れない」と打ち明ける。春の運動会はとっくに中止、修学旅行はない。高校総体は中止が決まっている。今後も課外活動に制約がある。あるのは毎日の授業。教室の風景だけでは寂しい。アルバムの題材、被写体にふさわしい行事が無いのは辛い。高校に限らず、小中学校、幼稚園、保育園、地域の住民や子供らも同様である。

私の時代、卒業アルバム用の集合写真や大きな行事の写真は、町の写真店（館）のカメラマンが撮影していた、と記憶する。題材がなければ、写真は撮れない。写真店の仕事もなくなる。等々、考えていると、富山市四方小学校のＰＴＡや児童クラブの役員らが、地域の子供たちや住民向けのイベントを企画運営する団体を結成した、というニュースが目に留まった。

団体はあくまでボランティア。学校行事がほとんど中止なっているため、思い出の場づくりを設け、地域の活気を取り戻したい、と言うのだ。アルバムの作り方ではなく、イベントを企画し、思い出作りにひと役買おうというのだ。七月二六日、同校と富山新港内・海王丸パークまでの海岸沿い、往復一〇キロ《メートル》をサイクリングするイベントだ。この後も順次、企画したいと、張り切っている。

子供時代の夏休みの思い出と言えば、地域の神社やお寺でのラジオ体操がある。眠い目をこすりながら、みんなと体操し、保護者から出席カードに判子をもらうのが日課だった。〝皆勤〟なら、達成感があった。今年、その地域のラジオ体操がコロナと夏休み短縮のため、中止になるそうだ。

「東京問題」と都道府県——国と地方自治体の責任

〔2020・7・12〕

「この問題（都内の感染再拡大）は圧倒的に『東京問題』と言っても過言ではない。東京中心の問題になってきている」——菅義偉官房長官は北海道での講演でこう語った。都内でここ数日、連続二〇〇人超える感染者数に対し、政府は東京都と二三区の連携強化を求めており、都の対応を批判したのも同然である。受け止め方によっては、政府には責任ない、と言いたげだ。

立憲民主党の枝野幸男代表は「コロナは都道府県域を越えて、感染拡大の恐れがある。東京都を越えて感染を拡大させない責任は政府にあるのは間違いない。責任逃れの話。東京だけ感染者が増えて、それが他県に広がらないという状況ではない」と菅長官の発言を批判する。

「東京問題」とは何か。どこが対応するか否ではない。東京で今起きている状況、「東京問題」の解決は東京都と二三区はむろん、国と都・二三区の連携なしにはできない。ひいては国と自治体との関係の在り方が重要なのだ。感染症法では、対応は都道府県知事の権限であり、義務である。特定の産業や業種、特定の地域への、営業や外出自粛要請は可能だろうが、経済の前進を目指す国の方針からすれば、「お願い」に留まる。例えば、万一の場合、「補償は国が面倒みます」と政府が後押しすれば、効力はあるが、コロナ撲滅へ足並みが揃っていない。嫌な政治の世界が垣間見える。

「東京問題」と聞き、地方で暮らす私は「ニッポン問題」と想像した。元はと言えば、一極集中是正に真摯に向き合わない政府と国会に「問題」があるのだ。政府が言う現下の「東京の問題」を真に解決を目指すなら、ニューヨークのようなロックダウン（都市封鎖）が有効だろうが、それは日本封鎖に等しい。同時に日本経済の息の根をとめることでもある。責任云々の話ではない。

障害者就労――業務受注激減、支援ピンチ〔2020・7・13〕

三月初旬に訪れたコマツナを生産する射水市の「菊ちゃんハウス」（代表・菊岡進）を再訪した。本稿の最初に取り上げた施設だ。障害者を積極的に雇用する農業と福祉の「農福連携」を本格化している。三六棟の野菜栽培ハウスを所有し、「五〇棟まで増やし、障害者、健常者も含め、従業員二五人を目指す」と菊岡さんとスタッフ管理責任者の坂口いづみさんが夢を語ってくれた。

このごろ、「障害者就労にコロナの影」「業務受注減」「障害者就労ピンチ」の新聞のニュースを見掛ける。私が「菊ちゃんハウス」を初めて訪ねた時は全体の四割、七人の障害者を雇用していたが、気になっていた。再訪した日は雨模様だった。雨合羽を着たマスク姿の従業員はハウス内で黙々と、作業をしていた。障害者の人たちはいつものビニールハウス内で収穫、野菜の束作り、箱詰めのルーティンをこなしていた。坂口さんは「学校給食が再開し、需要がある。障害者も一人増員した」と安堵していた。

富山県内の障害者が働く就労継続支援（A、B型）事業所はメーカーの受注の減少、商品販売自体できない。障害者に支払う工賃も減少するなどピンチという。雇用契約のないB型事業所は一般企業で働くことが難しい障害者に、雇用契約を結ばずに働く機会を提供し、就労に必要な知識や技術を修得する訓練をしてもらう。

Bタイプの富山市内のある施設は、弁当や惣菜の販売ができず、月五〇万円の売り上げがゼロに。コロナ拡大で外出自粛を求められた四月中旬から、一か月ほど利用者の作業を在宅に切り替えた。農作業や食品加工、小売店への配達などの仕事をスタッフがカバーし、利用者の工賃を何とか確保したそうだ。「厳しい状況」「他に収入源がないか」と責任者は頭を抱える。

タクシーは高齢者・弱者の助っ人――介護や買い物代行〔2020・7・14〕

コロナ禍の中、地域のスーパーへ行くと、以前にも増してタクシーを見掛ける。タクシー乗降口を設けてあるくらい、利用者が多い。もちろん、ほとんどが高齢者だ。地方都市の町なかの鮮魚店や八百屋、小さなスーパーは消え、大型スーパーが郊外に立地する。買い物かごを下げて、町なかを歩き、買い物をする姿はとっくに消えた。スーパーの駐車場は特売日ともなれば、車で満杯だ。マイカー運転が困難になると、地方では生きていけない。

私の近くのまちに「買い物難民」を支援しようと、「NPO法人買い物くらし応援団」がスーパーと提携し、店から四キロ以内の買い物を代行、配達を請け負っている。一日に二五～三五件の注文を一件百円で配達する。システムはスーパー内の一角にNPOの事務所を設ける。開店と同時に、お客からの電話が次々に鳴る。注文を受けたスタッフが注文票を片手に、買い物かごに商品を入れる。NPOのワゴン車に買い物かごを積み込み、高齢者の元へ順次、配達する。感染拡大に伴い、三密、外出自粛で四月以降、前年同月比一・五倍の売り上げだという。

富山市の駅前タクシー乗り場やホテル前は、ビジネス客や街への送迎用の待機場だ。残念なことに利用者が激減した。観光やビジネスなど経済が失速したためだ。タクシー業界も座して死す、というわけにいかない。県内のタクシー会社は介護タクシーを持ち、体が不自由な人やデイサービス施設への送迎、病院間を転送する。介護職員初任者研修に合格したドライバーが担う。子供を送迎するキッズタクシーや妊婦用にマタニティタクシーも運行するそうだ。

タクシーはかつての路面バスや電車以上になくてはならない、住民の〝足〟である。

「Ｇｏ Ｔｏ トラベル」——急がば回れ

〔２０２０・７・15〕

「六月」の章で紹介した富山県の「地元に泊まろう！　県民割引キャンペーン」は六月一〇日から受付がスタートし、初日から一万人超えした。六月一八日から七月末までの宿泊者が対象、プラン料金に応じて五千円～一万五千円の割引だそうだ。予想外の人気に県や温泉地などはホクホク顔。以降二回、期間を設け、追加募集する。

希望者が殺到したのも、コロナ禍に疲れた県民はゆったり湯に入り、気分転換をしたい。地元の人は案外、地元の温泉地に宿泊していない。地元の良さを知っているようで知らない。この際、是非、堪能してもらいたい。むろん、ホテル側が過度な受け入れを避け、感染症対策はより厳しく臨んでいる。県民限定のキャンペーンは他の道府県でもほぼ同様、実施しているようだが、いわば地方版「Ｇｏ Ｔｏ トラベル」キャンペーンだろうか。

政府は前倒しして、「Ｇｏ Ｔｏ――」が全国一斉、この二二日にスタートすると発表した。地方は平時なら、都会から旅行客が来てほしい。だが、時を同じく東京など首都圏内の感染者が急増し続けている。「旅行者がコロナウイルスを地方に拡散する」と、全国の知事会が近隣地域の誘客から始めるべきだ、と緊急提言した。「時期が悪い」「キャンペーンで感染拡大すれば、もはや人災だ」「豪雨で災害ボランティアは県民に限定している」——知事らが苦言を呈する。

経済との両立は国民等しく、共通認識だ。問題は国民・県民が安心できる、第二波の感染症対策の準備をどう整え、開示するかである。その上で各県が独自の方法と判断で経済を動かすしかない。富山から石川や新潟、岐阜、長野へと徐々に県境を越える。少し時間を要するが、急がば回れだ。

富山のくすり——フェイス・トゥ・フェイス挽回なるか　〔2020・7・16〕

配置薬と言えば、富山の薬、売薬さんである。今は家庭薬配置業と呼ばれる。全国津々浦歩き、一軒一軒回って、薬を預ける商売だ。薬箱に薬を預け置き、半年や一年後に訪れる。これを繰り返す。薬箱の中身を点検し、使った分の料金を頂く。お客にまず薬を使ってもらい、代金は後で頂く。この商法を「先用後利《せんようこうり》」、「用を先に利は後で」という。富山藩二代目藩主、前田正甫《まさとし》公が興した産業と伝えられ、江戸時代から続く富山売薬の伝統商法である。

顧客宅の訪問で集金だけでなく、薬箱の薬の入れ替えをする。懸場帳《かけばちょう》という顧客情報を書き込んだ台帳に、薬の使用や家族の健康状態など書き込む。「顧客第一」「お金は後で」は、売薬さんと顧客との強い信頼関係なしには成立しない。三〇〇年以上、続くゆえんである。

近年、大衆薬の登場、ドラッグストアが町中にあふれる。売薬さんに頼る人は激減し、家庭薬配置業は衰退するが、老舗の製薬会社は薬の開発や事業所への配置など顧客発掘に懸命だ。

新型コロナウイルスの影響で医療機関の受診控えが広がる中、先用後利の配置薬の利便性が見直されているそうだ。自分で症状を判断できる程度なら、わざわざ病院やドラッグストアへ行く必要はない。症状に応じた薬を揃えた薬箱があれば、十分足りるだろう。

外出自粛、景気や雇用の悪化に伴い、配置薬業界に興味を抱き、異業種からの転職者を採用する会社がある。テレワークやオンラインがもてはやされるご時世。フェイス・トゥ・フェイスは家庭薬配置業の基本スタイル。信頼を構築した先用後利の精神である。最後は人間の顔と顔だ。富山の配置家庭薬はアフターコロナに飛躍する可能性がある。

「Ｇｏ Ｔｏ」は一律「ＮＯ」――地方大権の時代だ

〔２０２０・７・17〕

地方分権時代。このごろ、この言葉が新聞などマスコミを賑わすことはない。かつて、一九九〇年代から二〇〇〇年代前半、地方分権を目指し、全国の都道府県、市町村、全国知事会などが「地方分権」の旗を掲げ、政府や国会に運動を展開した時代があった。今は昔である。

富山県の中沖豊前知事は同じころ、「分権ではなく、集権だ」と唱えた。国の権限を分け与えてもらうのではない。権限を奪い、可能な限り集める。「防衛や外交、司法などを除く、国民のための権限は全て地方自治体に渡すのがいい」と訴えた。強烈に残るメッセージ、政治姿勢だった。理由は明快だった。国の政策の大部分が「国民＝住民」の最も近い所でサービスを提供している。地方自治体はその判断ができるためである。霞が関や政府には、遠い地方が見えない。

国は日本全体を、世界を見る眼力を発揮する。コロナ社会は「地方集権時代」を、求めているように感じる。例の「Ｇｏ Ｔｏ」トラベルは地方が反発し、国は東京都を除外する方針に転換した。コロナ対応ではマスクといい、ＰＣＲ検査、「Ｇｏ Ｔｏ」の前倒し。コロコロ変わる迷走が続く。

昨日の新聞に富山県内全首長の「Ｇｏ Ｔｏ」の判断についての意見が一覧で掲載されていた。多くは中止や延期を求める意見があり、もちろん、「観光業は地方経済活性化のため必要」との見方も当然だろう。だが、「まず隣県から順次始めればいい」「全国一律ではなく、安全性や市民感情に配慮した段階的対応が望ましい」――など一律のスタートには否定的である。

観光地の旅館やレストランの社長は、東京からのお客に期待する。だが、従業員や市民を守る観点からして、国の姿勢には懐疑的なのだろう。ポストコロナは「地方集権」、もっと言えば、「地方大権」だと確信する。

改めてコロナの怖さ――「自分さえ無症状ならいい」〔2020・7・18〕

改めて、新型コロナウイルスの怖さは何かを、考えてみる。自分が感染し、突如、症状が出て、高熱に襲われ、昨日まで元気だったのに死に至る。高齢者の致死率が高い。マスクの常用をはじめ、可能な限り外出の自粛に努めるが、高齢者の仲間入りした私もどこかで感染し、コロナで自分が死ぬという恐怖心はある。一方、知らない他者に感染させ、死なせるかもしれないという不安を突きつけている。

このところ、第二波を思わせる感染拡大が日ごと続く。第一波に比べ、格段の急増である。ことに東京と首都圏の感染者が目立ち、地方にも広がりを見せる。今回は若者が多い。若者の場合、例えば、濃厚接触者のため、検査を受けた結果、陽性反応が出た。だが、症状がない。熱や味覚症状など異常はない。自身、「陽性です」と言われても腑に落ちない。安直な行動に出る可能性が無いとは言い切れない。だが、怖いのは感染者に特段、症状がないため、これまでも自由にどこへでも出歩いていた、と推定される。

もっと怖いのは変な話だが、若いので感染しても、重症にはならないことだ。街なかや飲食店へ飲み会にも行く。もし感染しても無症状のため、「自分が無症状なら、発覚しないのでいいや」と利己的な自分に納得してしまうことだ。

今、市中感染が第一波以上に猛威を振るうも、これほど爆発的に感染者が増えているのに、若者層らを中心に、ウイルスの感染を許す無防備な行動に走る。「自分さえ、無症状ならいいや」――コロナはそんな人間の本性ともいうべき、弱みを見せると、つけ込むのだろう。

地方の病院経営――コロナ病院、町医者も　〔2020・7・19〕

私は九〇歳を超す母親を連れ、一か月に一回、市内の町医者へ通う。高血圧と認知症の診察と薬の処方箋を出してもらう。時間帯によっては結構、混み合っている。コロナの感染拡大に伴い、通院を迷ったが、意を決して行くと、待合室には全く患者がいない。事務員に聞くと、どうも定期的に通う多くの高齢者は体に余程の変調がない限り、診察を敬遠した。いつもの薬の処方箋だけをもらう、パターンに変えたと推察した。

序で、妻が膝の痛みで近くの整形外科医院に通っている。コロナで完全予約制になり、その時刻ちょうどに玄関に入って下さいとの、指示があった。車の中で待機し、病院のドアを開けた。蜜とソーシャルディスタンスのコロナ徹底防止対策である。薬は普通、一か月だが、医師は九〇日間の処方箋を出したという。しばらくして、医院へいくと、病院スタッフが半減していた。経営が苦しいため、休ませているのでは、と勝手に推察した。コロナの感染防止と経営の逼迫。一般の患者も医療従事者も振り回されている。

富山県内の感染症指定医療機関が軒並み減収の実態が明らかになった、と北日本新聞が伝えていた。この四、五月の外来患者数と収入について調査した。全ての病院が減収でほぼ半減だった。クラスターが発生した富山市民病院の落ち込みが大きい。他の病院も感染不安による受診控えや開業医院からの紹介減で外来患者が二割ほど減った。感染リスクを避けるため、手術の延期も増え、健診や人間ドッグもストップした。感染者向けの空床確保、防護服の購入や発熱者用のプレハブ待合室の設置など支出が増えた。コロナ患者が増加でも、「医療機関は逼迫していない」とのん気に言えないのだ。

地域社会と助け合い――コロナ克服の原点　〔2020・7・20〕

コロナ社会の中の小さな地域、その中に小さな家族がある。あるいは友人仲間、ボランティア仲間、町内会や消防団、子供たちのための見守り隊や地域防犯パトロール隊、生活の糧を得る会社も農業組合も、大事な地域社会の一員だ。地域福祉団体や民生委員らは高齢者、子供、障害者、生活保護者等々、地域の弱者を守る人々、組織である。これらは利己的な自分のためではなく、他者のため、利他的な行為をいとまない人々、隣人同士、組織の集まりが地域にはいっぱい存在する。

コロナ禍から地域を守ろう、コロナに負けるな、と地域の仲間らは闘っている。新型コロナウイルスに感染しない、逆にウイルスを保持していても感染させない。コロナに克つための必須条件だろう。だが、それ以上にコロナに負けないためには地域や家族、人間の本質に宿る「助け合い精神」、利他的ヒューマニズム、人間が本質的に持ついわば〝武器〟を発揮することが重要だと、高岡市出身の国立環境研究所生態リスク評価・対策研究室長の五箇公一さんの論考（北日本新聞「新型コロナと文明」七月二〇日付）を読み、学んだ。本稿の「地方の窓」から見たコロナの風景の原点は、一人ひとりの人間、地域や家族の有り様だと確信した。

五箇さんの論考をもう少し紹介すると、人間は野生動物との闘いから解放され、物質的経済社会で一人でも生きていけるという認識が広がった。かつての利他的ヒューマニズムよりも現代は、原始的利己性の方が優先される世界が広がりつつある。今の自分が一番大事という人間特有のエゴにまで深化してしまった。そのために連帯と協調によってウイルスを封じ込める。同時に利他的ヒューマニズムへの回帰と自然と共生する資源循環型社会を目指し、生活を変容させることが重要と説く。

介護報酬引き上げ——コロナで負担は利用者に〔2020・7・21〕

本日、母親がお世話になっているケアマネジャーの家庭訪問の日であった。地域内の地域包括支援センターの地区担当者で一か月に一度、家庭で家族から母親の状態を聞き、介護認定やサービス内容などについて、家族と高齢者介護施設、医療機関と連携し、橋渡し役を担う。

母親の様子の事から、新型コロナウイルス感染対策で国が地域の介護事業所への支援策を理由に、介護報酬の引き上げ特例を導入する話に及んだ。一瞬、意味がよく分からなかった。聞けば、特別養護老人ホームや併設するデイケアサービス事業を行う事業所（法人）は感染対策に伴い、経費が増加した。そこで、事業者は国に経営支援を求めたため、国が介護報酬の引き上げ導入を認めた。

具体的には、厚生労働省は事業所に入居者や利用者から徴収する介護報酬料金を引き上げてもいいよ、と判断した。事業所は介護報酬つまり、高齢者（利用者）からサービス内容は変わらないが、コロナ対策の名目で利用料金を値上げするというのだ。報酬額は利用者の実際の利用時間を二時間上回る区分で料金設定になる。ありていに言えば、高齢者へのサービス時間や内容は従前通りでも、お金は一～三割アップしますよ。「なぜですか」の問いに、施設内の消毒などの手間、経費は利用者が負担して下さい、というのだ。

実に変な話だ。病院はコロナ対策費で大変だから、診療報酬費をアップ。飲食店は料金を上げていいよ、と通達するようなものだ。実際、国の判断で引き上げ特例の評価はまちまちだそうだ。同じ地域の包括支援センター内でも、アップする事業所とサービスを維持し、高齢利用者に負担をかけられない、と現状のままの施設も。コロナ禍は災厄、ここは一時的だ。国が負担すべきである。

蘇る空き家、空き倉庫――活動の場に変身　〔2020・7・22〕

私の仲間、きららかネットワークの活動現場は射水市内の里山である。里山再生を掲げ、伐採した竹を窯で焼き上げ、竹炭製品を作る。置物や消臭剤、青竹から粉末にした竹ヨーグルトを製造し、野菜栽培に活用する。里山にはびこった、無用の竹の活用方法は多様だ。一旦伐採された竹は人のために役立つ、さまざまな製品に蘇る。

炭焼き小屋は土地所有者の協力を得て、山あいに作った。メンバーに加え、大学生や市民ボランティアの協力を得て、年に一回、イベントを開催する。それはそれで楽しいのだが、仲間が「天候に左右されない集会場がないものか」と思案していたところ、メンバーの一人の友人が所有する空き家を見つけた。友人は県外で仕事をし、空き家に住むことはない。「是非、活用して」と任された。

空き家（古民家）の敷地内の作業小屋で「竹炭粉末を練り込んだピザを作ろう」と、ピザ窯の製造を目指した。ピザ窯の材料費五〇万円を、クラウドファンティングで集めた。メンバーの一人が自前で造った。環境保全、里山再生事業の理解者に助けられた。お陰で地域の住民や若者から障害者までいろんな人たちを古民家に呼び、イベント・交流の場として活用している。

先日、氷見市内の湊川沿いの古い空き倉庫を拠点に交流の輪を広げようと、市内の有志が一般社団法人を設立した。持ち主と話し合い、利用の目途がついた。オフィスを共有するコワーキングスペースやカフェを設け、学習する中学生や高校生も集う場所にするそうだ。

コロナ禍でテレワークなど働き方改革が進む。地方には、空き家や空き倉庫など多様な空間が山ほどある。活用次第で地方が蘇り、都会のサラリーマンや事業者の新天地になる可能性がある。

地蔵盆——老若男女、地域の安全祈る

〔2020・7・23〕

梅雨が明けない。しばらく太陽を拝んでいないような気がする。今ごろ、炎天下の田舎ではセミがうるさいくらい鳴いている。小学校は例年、夏休み入りだが、まだ一学期のため、子供の姿が見えない。八月上旬に予定していた町内の納涼祭は中止になった。

住民が集う、イベントらしいイベントが中止続きの中、町内の辻々に安置してあるお地蔵さんの「地蔵盆」が本日の夕方、行われた。夜のとばりが下り始めるころ、三々五々、お年寄りを中心に集まり、住職がお経を読む。今年はコロナという疫病、災厄に遭い、地域の安心安全を祈る「地蔵盆」になった。集まった住民はみな、マスク姿、ソーシャルディスタンスに注意を払った。お花やお菓子をお供えした。世話係が出席者に供え物のお菓子を配り、散会である。わずか三〇分間の夏の行事ではあるが、信仰心は大切にしたい。

地蔵盆は地方ごとに開催時季が異なるようだ。地蔵盆の由来は京都が発祥地。準備は大人が担うが、主役は子供たち。町内ごとの地蔵尊の前に屋台を組み、花やお餅を供え、子供らはゲームや福引きなどを楽しむ、地域があるそうだ。地蔵盆は古来、子供の守り神として信仰されていた。いわば民間の信仰の神様であったが、仏教に属する地蔵菩薩という。

平安時代以降、阿弥陀信仰と結びつき、地蔵信仰が広がり、道祖神と同様、村々を守る役割を果たすようになったらしい。私が子供のころ、信仰心とは無縁だったが、必ず地蔵尊にお参りした。いつも腹をすかしていたためか、お菓子をもらうことが目的だった。現代は飽食に加え、少子高齢化、人口減少時代。子供の姿が徐々に消えてゆく。

もう一つの「三蜜」——行動・言葉・こころ

〔2020・7・24〕

「三蜜」と言えば、密閉、密集、密接。新型コロナウイルスが猛威を振るい、いつ、誰が言い出したのか分からないが、ソーシャルディスタンスと並び、人々が守るコロナ感染防止の基本的な行動である。換気の悪い密閉空間、多数が集まる密集場所、間近で会議し発声をする。他者に感染させる、他者から感染する。危険な行動を戒めた「三蜜」は頭に染みこんでいるはずだが、つい酒でも入れば、「三蜜」の一角が崩れ、ウイルスの侵入を許してしまう。

昨日の地蔵盆でお寺の住職が「三蜜」とは、空海（弘法大師）がひらいた真言宗をはじめとする密教の教えだ、と詳しく説明された。私は信者ではないが、参考までに教えを紹介したい。

密教では、「三蜜の修行」がある。「三蜜」とは身蜜（身体・行動）、口蜜（言葉、発言）、意蜜（こころ、考え）。行動、言葉、こころの三つの教えを整えることで、自分自身が仏様だと気付き、即身成仏、つまり生きたまま仏さまになる。

具体的には、「身蜜」は自分の行動を見直し、大事なものを見極める。みんなのいのちを守る行動をする。手洗いし、身を清める。勝手な行動をしない。「口蜜」は自分の行動を見直す。うがいをしっかり行い、口を清める。人の悪口ばかり言わない。「意蜜」は自分のこころの揺れ動きを観察する。一歩立ち止まってこころを見つめる。自分だけでなく、他者に気配りする……。

コロナ防止の三蜜と空海の三蜜を比べると、どことなく重なっているようにも思える。住職は「三蜜の由来を空海の三蜜」と話したが、そうでなくても、これまでいくつかの項目で述べてきた「我が事として」や「他者のために」など、「三蜜」の行動・言葉・こころに通じている。

底なしの生活苦難民——社福協に殺到、外国人も〔2020・7・25〕

「生活苦融資、申請殺到」——このごろ、第二波の感染者数に一喜一憂しがちだが、本日の朝刊の見出しに驚いたというか、愕然とした。全国ニュースではあるが、富山県、射水市も含めた日本中の社会福祉協議会にコロナ禍で生活苦の世帯が無利子で借りられる、「緊急小口資金融資」の申請に殺到しているというのだ。これまで生活苦で支援に迷ったら「生活の灯、社会福祉協議会」の門を叩けと書いた。困窮者のため、さまざまな角度からアドバイスするのが社福協の任務だからである。

緊急小口融資は低所得者の世帯に対し、緊急的に当面の生活資金を無利子で貸し付ける制度。東日本大震災や西日本豪雨など自然災害では収入にかかわらず、特例で対象世帯を被災者全体としているが、今度のコロナ禍では自然災害と同様、対象を拡大した。

特例で受け付けを開始した三月二五日から七月一八日時点で、申請件数が五七万九千件、申請金額はリーマン・ショック時の八〇倍の約一〇四五億円に上る。申請窓口は全国市町村の社会福協議会。受け取りは申請から一週間から一〇日間という。政府の一〇万円給付の場合と違い、スピーディーだ。返済期限を従来の「一年以内」から「二年以内」に延長され、所得減が続く住民税非課税世帯については返済免除の方針という。受付期間は九月末まで延長された。

申請者は多業種だ。当初はタクシー運転手や運送業、イベント関連で働く人が多かった。その後、派遣切りされた人、外国人も増加した。外国人が多い射水市でも当初から申請者が続いた。「カップラーメンだけ食べてしのいだが、もう限界」と相談する人も。ホテルで働いていたシングルマザーは週五日の仕事が三か月間休みになった。もう底なしの生活経済危機が生んだ生活苦難民である。

ポイ捨てやめて——コロナ禍に空き缶、マスクも

〔2020・7・26〕

本日早朝、私の地区内でクリーン作戦を行った。町内会役員総出だが、夏休みとあって親子連れも参加した。道路沿いや農地、農業用水路、空き地などは、町内のいわば公共財産だ。自宅の敷地内なら各戸が清掃するが、道路沿いだと、見知らぬ市民が車で通りすがりに、窓からポイ捨てする。公共精神、マナーが乏しい市民がなお、居ること自体腹立たしい。

年間三回実施しているが、春先はコロナ禍で中止した。昨秋に土砂で埋まりそうな農業排水路の泥上げをした際、空き缶や空き瓶が続々見つかった。そこで先日、空き缶、空き瓶拾いを実施したところ、大きな回収袋で十袋以上も集まった。本日分と併せて、業者に引き取ってもらった。

先日、新型コロナウイルス感染拡大以降、砺波市の砺波総合運動公園で利用者による使用済みマスクのポイ捨てが続き、公園の管理職員を困らせている、というニュースがあった。公園内には遊具や野球場があり、休日は家族連れでにぎわう。コロナ前から持ち帰りを促し、園内にごみ箱を設置しておらず、「ポイ捨て禁止」の看板を二〇か所も立てている。

市民のマナーに頼っており、コロナ感染が広がり始めた三月から連日、マスクが捨てられるようになったそうだ。道路や駐車場、植え込みに隠すように捨てられているケースも。職員は軍手を着け、ごみバサミで拾っている。感染へのリスクと隣り合わせのため、「マスクはビニール袋に入れ、持ち帰って」と呼び掛けている。ポイ捨て禁止は公や他者に迷惑をかけない、良心に委ねている。「コロナをうつさないこころ」に通じる。

射水市には合併前から「ポイ捨て禁止条例」がある。道路沿いの啓発看板が泣く。

長い梅雨・黴雨《ばいう》――こころは憂鬱、野菜は高値

〔2020・7・27〕

毎日、雨続きである。気分転換にほこりをかぶった書棚から、歳時記や雨のエッセー集を捜し出し、雨の項をめくった。山本健吉さんは梅雨について、「梅の実が黄熟するころ降るので、梅雨と言い、物みな黴《かび》を生ずるので黴雨とも書く」とある。

徳田秋声の『黴』も梅雨とは無関係ながら、黴雨の何ともやりきれない陰湿さが漂う。梅雨の陰鬱さには人間の思考を死に誘い出すところがある。鬱《うつ》病という言葉には梅雨の時季を想起させる。太宰治が未完の「グッドバイ」を残し、玉川上水で情死したのは梅雨のころであった。

そんな暗い梅雨のイメージがある中、宮本輝さんの「雨の日に思う」というエッセーがある。宮本さんがまだ学生のころの思い出だろうか。「普段、テニスコートにいる時も、そう目立つタイプの娘ではないのだが……雨の日の昼下がりになぜか、しっとりと落ち着いて、他のだれよりも魅力的に見える――」と。宮本さんが仲間と観察し、女性の美しさと雨との関係を語り合う描写があった。

小雨を縫い、スーパーへ行った。「梅雨の季」から一転、現実の生活に戻る。長雨のせいか、野菜の値段が気になる。キャベツが出荷初めのころ、一個丸ごとか、半分の物が並んでいたが、このごろ、四分の一カットがたくさん並び、全体的に二、三割高くなった。梅雨の長期化に加え、豪雨災害などで産地だけでなく、全体的に収穫量が減り、価格がアップしたのだろう。コロナ禍で自宅での食事が増え、食費が重なると、妻はぼやく。そこへ長雨。日ごとに会話が湿っぽくなる。

梅雨は長期化し、明日、明後日は大雨。梅雨明けが八月にずれ込むとの予想が出ている。「梅雨」の代名詞、自宅の梅の実はとっくに落ちてしまったが、「黴雨」にはさよならしたい。

病院の待合室――患者は増え、薬局も

〔2020・7・28〕

「Go To トラベル」と富山県版の「地元に泊まろう――県民割引キャンペーン」で地方の観光客は多少、持ち直した。東京と金沢、富山を結ぶ北陸新幹線の乗車率は落ち込んだままだ。東京は四連休の間、当然人出は少なかったが、休み明けは逆に増えた。サラリーマンが出勤したためだ。

富山のまち全体は賑わってはいない。歓楽街には依然、客が遠のいている。雨模様の中、一か月ごとに母が通う町医者に行った。一か月前まで待合室に誰もいない。患者はどこへ、と目を疑ったが、コロナ禍で通院を遠慮したためだった。混雑を避け、昼前に行ったが、待合室はほぼ満員だ。次々、患者が入って来た。

順番を待つ間、患者同士がいつものおしゃべりに花が咲く。「薬だけいっぱいのんでいるよ。年金での生活は妻の分もないと厳しいよ」「昔の人は年金があったのかどうか、知らないが、よう生きとったもんだ」「わしは糖尿病だよ。食べても、歩かないと」「わしはパチンコ中に突然、倒れた。救急車に運ばれ、助かった」「このごろ、なかなか眠れん。それでここへ来た」……。病状や身の回りのこと、さながら井戸端会議である。実は三、四か月前の待合室とほぼ同じ風景だった。良し悪しは別に日常に戻った。

向かいの薬局へ寄った。処方箋を渡し、薬をもらった。ここも前回、客無しだったが、次々と患者が来る。数人の薬剤師は前に比べ、忙しそうで雰囲気は明るかった。風邪薬を処方してもらう若い患者には乗用車の中での待機を求め、そこへ運んでいた。病院、薬局とも感染防止対策は万全だ。この町に第一波の感染者数人が見つかった。第二波が来て、待合室がどうなるのか。心配だ。

病院、高齢者施設の面会――見舞い、葬儀参列も制限

〔2020・7・29〕

「なぜ大切な人に会えないのか」――コロナ禍の中、病院の入院患者や高齢者施設の入居者との面会は至難である。基本的に病室には同居家族以外、簡単に入れない。例え、病棟には入っても、ガラス越しに顔を見るだけかもしれない。親子でも同居ではなく、県外から来たとなれば、面会ストップの可能性がある。娘でも同居でないと、関係の証明が必要だ。体験者から聞いた話だ。

当然と言えば、当然だ。高齢者施設では施設関係者以外の訪問を断っている。致死率の高い高齢者や患者。そこに近づくことは、感染リスクを高めることだ。クラスター発生の恐れもある。日夜、感染リスクと懸命に闘っている医療福祉従事者。万一に備え、情が移っても、ハードルは下げられない。

先日、知人の男性が秋田に居る実の親を見舞いに行った時の話を聴いた。親は熱中症で倒れた。回復も厳しいと聞いたのか、新幹線で駆けつけた。そこからが大変だった。病院では富山から来たこと。東京には寄らず、大宮、仙台経由の東北・秋田新幹線で。駅からの交通や途中に立ち寄った店など事細かく、受付で質問攻めにあった。だが、秋田の長男は親に会えるが、血のつながった次男は他県ゆえに、入室拒否されたというのだ。それでも粘りに粘り、僅かだが、面会できた。

しばらくして、母は亡くなった。前回の教訓を生かし、マイカーで秋田へ直行した。県外ナンバーだと不審に思われる。遠くの駐車場に止めた。葬儀場は長男のみの入場制限。二男といえども県外はご法度。家族が入場の可否を決めるわけでない。感染者が少ない秋田県は絶対に出せない。葬儀場や地域の雰囲気が〝制限〟していると感じた。一生に一度、親の最期の見舞い。そして親の葬儀での見送り。「そこまでするのか」と思うと同時に、コロナとの闘いの凄さを痛感したそうだ。

感染者第1号——冷静に対応「岩手も例外でない」〔2020・7・30〕

「感染拡大ついに岩手も」——今朝の新聞各紙が伝えていた。感染者ゼロが半年以上も続いた岩手県内で感染者が二人見つかった。関東地方のキャンプ場に行き、同じテントに宿泊、帰県して見つかった。この間、岩手県内では張り詰めた空気があったのではと察し、盛岡市の友人、宮澤徳雄元岩手日報編集局長に電話した。「県民はみな第一号にはなりたくないという気持ちはあったけど、マスクや店内での消毒。感染しない、感染させないという意識。どの県とも同じですよ」と冷静だった。

確か六月の終わりころ、岩手県外で暮らす息子が岩手の父親に帰省を相談した。すると、親は「絶対に来るな」「岩手の第一号はニュースだけでは済まない」とラインをした。このやりとりを紹介したツイートが反響を呼んだ。親が自粛警察、村八分を恐れてのアドバイスだったのだろうか。

この話題をネットで知った、岩手県の達増拓也知事は「過剰に思い詰め、世間体を気にするのは、しないほうがいい。県として第一号の陽性者には咎《とが》めません。むしろ、やさしくケアしていきます」と記者会見などで発信した。「感染ゼロ」が目標ではない。大事なのは「県民の命と健康を守ることです」と明快だ。第一号になりたくないため、県民の「検診控え」を避けたい、語っている。

第一波のころ、岩手の感染者ゼロは怪しいとの声があった。現在、PCR検査は東北各県に比べ、少なくはなく、ドライブスルーや臨時の施設での検査も充実し、マンパワーを増やしている。

感染者数が極めて少ない要因はいろいろ考えられるが、四国四県と同じ面積で人口密度が低い。何よりも、真面目で実直。東日本大震災と闘い、助け合い、被災者に向き合う姿は県民性に磨きがかかった。長年、岩手の友人の言動に触れ、間違いなくそう思う。岩手での再会を約束した。

セミが鳴く――感染爆発？　梅雨明け

〔2020・7・31〕

長雨が続き、昨日の昼過ぎから晴れ間が広がったかと思うと、突然、セミが一斉に鳴き始めた。富山市の初鳴きは七月一〇日と記録されている。雨音と憂鬱な気分にかき消され、聞こえなかったのか。今夏、やっとうるさいくらいセミの大合唱だ。セミは南から北へ夏を告げて歩く昆虫である。梅雨前線は北陸地方に停滞しているが、本日も三〇を超す真夏日、一両日の梅雨明け宣言だろうか。

セミの幼虫はふつう、六、七年間も地中で過ごす。アメリカに三六年間も地中で暮らす種類がいるそうだ。セミは地中に出て、ゆっくりと木の幹を上る。殻を脱いで成虫になり、繁殖する。鳴くのは一週間から三週間。全生涯のわずか三百分の一になる計算だ。激しく鳴くのは、短い一生を駆け抜けていくからだろうか。

セミの幼虫は木の根っこから樹液を吸い、生きている。もし、樹木が伐採や枯れたりしたら、幼虫は死んでしまい、樹木に上り、激しく鳴くことはできない。セミの大合唱は木や林、森がまだ健在ということである。

セミの鳴き声とは裏腹に感染者数の激増に驚く。国内で昨日新たに最多の一三〇五人が感染、連日千人を超す。都市部で衰えを見せず、全国的な拡大に歯止めがかからない。富山県も二〇代の男性二人の感染を確認、累計は二三八人と決して少なくはない。第二波に入り、若者の感染、県外への旅行や帰省が絡む。県はイベント開催の制限の強化や東京など他県への移動自粛を求める。

セミの大合唱は感染爆発警報に聞こえる。長年、地中に潜んでいた新型コロナウイルスが一気に暴れ出したようだ。終息を促す特別の手立てはない。樹木のようにどっしりと原点回帰だ。

August

8月

そばの花が広がる転作田

地産地消の地域イベントそば祭り。住民が集う祭りは三蜜など開催条件が厳しい＝射水市内

8月の出来事

8. 3 お盆帰省巡り、コロナ対応で政府内でも発言ちぐはぐ。帰省影潜める

8. 11 富山県は新規陽性者、経路不明者が共に基準超えで「富山アラート」

8. 18 富山県内でカラオケ、スナックでクラスター多発

8. 24 政府、イベント入場制限を延長。
9月末まで5千人

8. 26 インフルと新型コロナ。
予防接種や検査体制、同時流行に備え、対策を発表

知恵出し行事守る——コロナに負けず前進

〔2020・8・1〕

この春から、県内で行事やイベントの中止が続く。その後、一歩後退、一歩前進、少しずつ変化が見える。昨日、滑川《なめりかわ》市の中川原海岸で「滑川のネブタ流し」が行われた。藁《わら》をむしろで巻いた「ネブタ」と呼ばれる松明をいかだに載せ、火を付けて富山湾の海に流す行事だ。地域の住民らは疫病やけがれ、眠気をネブタに託し、火と水で消し去ろうという願いを込め、海に流し去る。

今回はコロナ禍のため、中止の選択肢もあったが、「今だからこそ意味のある行事。少しでも元気になれば」とかたちを変えて、実施を決めた。例年、各町内会から一〇基以上のネブタが参加した。町内会単位ではなく、住民有志で一基を作る。ほかに滑川青年会議所の二基、市内寺家小学校育友会長OB会と同小育友会有志、滑川地区公民館が合同で一基、合わせて四基、海に流した。

ネブタは各団体がそれぞれアイデアや思いを込めて作製した。ことに学校行事の中止が相次ぐ中、子供たちに少しでも祭りにかかわり、思い出作りにと、寺家小OB会などは六年生が作ったメッセージ入りの飾りをネブタに付けた。担当者らは「子供たちの思いを代表して海に流し、伝統を守りたい」「心を一つにし、コロナ終息を願いたい」と語る。

同じ滑川市のショッピングセンターエール周辺で七月二三、二四の両日、市民有志の団体「街ing（マッチング）なめりかわ」がキッチンカーや大道芸を招いた「みんなのミライ夏祭り」を開いた。同団体は例年、中心市街地に人を呼び込もうと、イベントを開く。だが、今年はコロナで軒並み中止が続く。「これでは地域経済が駄目だ」と非接触型体温計や三蜜回避、マスク、消毒、距離を保つなど大がかりなコロナ対策予防班を設けた。「誰かが挑戦しないと街は沈む」と実施したのだ。

テイクアウトマルシェ——地域のつながりで県内外に発信

〔2020・8・2〕

私が暮らす射水市の青年会議所と市内の有志が四月三〇日〜五月二日の三日間、「ドライブスルーマルシェ実行委員会」を立ち上げ、市内料理店駐車場でマルシェ開いた。コロナ禍で飲食店が苦境にある中、支援しようと、企画した。市内の和食や洋食、カレー店などが多数参加、千円ほどの弁当を用意した。ちょうどゴールデンウイークと重なり、市民が殺到、どの店の弁当も完売した。世話をした若いメンバーらにエールを送りたい。

昨日の北日本新聞の創刊記念日特集「ウィズコロナたくましく」を見ると、この「テイクアウトマルシェ」方式は富山市の飲食業者の有志が企画し、四月一三日に市内喫茶店の駐車場で開催したのが初めてだという。飲食店の持ち帰り商品を一堂に集め、三蜜を避けるためドライブスルー形式で販売する取り組みは、県内はむろん、石川、福井、高知、千葉、北海道からも問い合わせがあった。

ドライブスルーは一部の飲食店や薬局でも取り入れている。今度の形式は複数の飲食店が一か所に弁当や総菜を持ち寄って販売する。各飲食店一押し弁当を持ち寄り、一斉販売する。しかも、店に入り選択するのではなく、ドライブスルーで売り買いするのだ。車に乗ったままメニュー表から好きな料理を選び、受け取るため感染リスクが低い。マルシェは生活の中に定着する可能性がある。

有志グループは各地の問い合わせに対し、ノウハウやロゴを無償提供した。同じように困っている飲食店は全国にたくさんある。企画から開催までのスピード感が大事だという。苦境の中に誕生した「テイクアウトマルシェ」は富山発のシステムだった。コロナ禍の中、業種を越えた地域のつながりがアイデアを生み、日本を変えた。逆に大きな資本を持つ東京では生まれないかもしれない。

再びマスクの話――個人や輸入、ヒット商品も 〔2020・8・3〕

かつて、親の代から縫製業を営んでいた友人が近くにいる。マスク不足が喧伝される春先、突然「マスクを作りました。必要な方はどうぞ」との連絡が入った。しばらくして、申し込みに自宅に伺った。「どうして、マスク?」と聞けば、「自宅に、昔の良い布地が残っていた」と。友人は国内の有力メーカーで修業しただけに、ミシンを使った縫製技術が身についており、しっかりした出来栄えだ。この際、新規事業を起こせばと促すも、今は別の業種で安定しているのか、その気はないという。

中国から、卓球選手として日本へ、そして二〇〇〇年国体の富山へ。今射水市で産業廃棄物処理業を営む中国人の会社経営者は、中国からマスクを大量に用意できたのか、「マスクあるよ」との連絡があった。射水ロータリークラブ（RC）のメンバーのため、同RCがこの社長に不足するマスクの提供を求め、市に贈呈した。当時、「不足気味だった市内高齢者介護施設用に配布します」と市から歓迎された。

三月、氷見市の女性用下着メーカーの「あつみファッション」がブラジャーの生地を使った「ブラマスク」を作り、爆発的なヒット商品になった。以来、七万枚を売り上げたという。きっかけはマスクが品薄になった二月ごろ、下着製造で余った布地を使い、従業員が自分の家族用にとマスクを手作りした。販売の予定はなかったが、マスク不足が深刻化したため、氷見市から量産の依頼が入った。会社は「社会貢献だ」と商品化に乗り出した。

複数の生地で試作を重ねた。ブラジャーの生地が最も優れていた。従業員は連日、残業。自社のオンラインショップと大手通販サイトで販売した。ツイッターに投稿し、「いいね」と話題に。以来、注文が殺到した。同社は大手下着メーカーの受託製造で自社名の商品はない。新たな道が拓けた。

経路不明者が増加──県境越えの往来伴い

〔2020・8・4〕

お盆の帰省を巡り、政府内の対応・発言が混乱している。菅官房長官が「国として県をまたぐ移動を一律に控えて下さいと言っているわけではない」と強調している。一方の西村経済再生担当相は祖母や祖父に（重症化の）リスクがあり、注意してもらわないといけない」と表明、帰省の自粛について専門家の意見を聞き、「政府としての方針を示せればと考えている」と理解を求めている。

コロナ対応では、観光支援の「Ｇｏ Ｔｏ トラベル」事業で東京の除外やキャンセル料補償を巡り、二転三転し、混乱を招いた。帰省シーズンを前に「Ｇｏ Ｔｏ」とも絡み、明確な指針を示せないのだろう。

富山県内の感染状況を見る限り、国の県境をまたぐ移動解禁に伴い、感染者が急増している。第一波の時は、富山市民病院や高齢者リハビリ施設内で感染者クラスターが発生した。県外移動による感染者が少数だった。クラスターを抑え込み、県内は収束した。それが五月一九日から七月一日までの四四日間、新規感染者ゼロが続いていたが、七月に入り再び、感染者が増え出した。

感染者は関東方面、愛知県や三重県、新潟県など帰省や移動に伴う感染が目立つ。加えて、二日時点で一七人の感染者のうち、一三人が経路不明である。自宅と会社の往復のみの人でも、感染者と判明した。言えることは、例えば、自分自身は県外に行かなくても、休日に近県をドライブした同僚と職場で接触、感染症状が出るケースだってある。同僚に症状が出ない限り、感染経路は不明のままだ。日本は今、事実上、県境をまたぐ移動は自由だ。その結果、経路不明や市中感染者が多数出現してもおかしくない。「帰省」云々の話ではないと思うが……。

うがい薬が効く?――妻が走った、日本中だった

〔2020・8・5〕

昨日の午後、外出中の妻から電話が入った。「走行中のテレビの音声から『大阪の吉村知事が市販のうがい薬が新型コロナウイルス感染予防に効くらしい』と紹介していた」「市内のドラッグストアへ行くと、一本だけ残っており、買い求めた。さらに別の店に立ち寄ると、〝品切れ〟の札が下がっていた」と興奮気味に話すではないか。

吉村大阪知事と言えば、第一波では府民に収束に向けての基準（目安）、「大阪モデル」を示し、大阪の感染拡大を抑え込んだ。このごろ、東京都の小池知事にも勝り、地方の知事らも政府の姿勢や独自政策を発信する。吉村知事は発信力、知名度抜群なだけに記者会見の冒頭、「うそみたいなホントの話」と切り出し、「感染拡大を抑えていきたい」となれば、大衆はテレビのスイッチを消し忘れても、走り出すだろう。

会見では記者から「前のめりでは」と問われても、吉村知事は「研究を踏まえて府民に情報を提供する」と言い、同席の松井大阪市長は「結果が出たのに黙っていろと言うのか」と気色ばんだそうだ。元はと言えば、ホテル療養中の発熱症状のある人に特定のうがい薬を使ったところ、陰性が多い傾向が出たという。これには会見後、府の担当者は「エビデンス（根拠）はない」と明言する。後に吉村知事は「誤解がある。予防薬でも治療薬でもない」と適切な使用を求めたのだが……。

マスク不足で走る消費者や感染者第一号に伴う、SNSでの誹謗中傷。鬱屈したコロナに敏感な心理作用。東京や大阪など都会に留まらず、メディアを通じ、多くの国民がピリピリしている証左である。同時に政治家の言動の良し悪しに関係なく、影響の大きさを物語る〝事件〟だった。

まだ一学期だった——通学路の児童と安全パトロール

〔2020・8・6〕

猛暑日の昼下がり、市内道路を車で走っていたら、子供たちが列を作り、てくてくと歩道を歩く。おしゃべりをすることもなく、暑そうだ。交差点には交通安全・防犯パトロール用のジャケットを着たおじさん、おばさんが見守っている。「気を付けて」と声を掛ける。年を重ねている分、炎天下は随分、辛そうだ。

例年なら、とっくに夏休み中だ。お盆を控え、夏休みは中盤から後半へ、宿題や自由研究テーマが気になるころだ。下校時の児童と、児童を見守る地域のパトロール隊の光景を見て、コロナ禍で今なお一学期だと改めて、思い知った。それにしても、パトロール隊には頭が下がる。近ごろ、県内では高齢化が進み、パトロールのメンバーが確保できない地域があり、中止したとのニュースを読んだ。コロナに負けるな、そして熱中症にはくれぐれも用心を、と願う。

富山県内の小学校の一学期は七日（金）まで。夏休みは八日から一七日までの一〇日間が多いようだが、二三日までの自治体もある。ほぼ、お盆を挟んでの二週間程度。児童にとって頭を悩ますのが夏休みの自由研究である。何かをテーマを絞り、調査・研究するとか、工作などだ。自由研究を課す、課さないは自治体の教育委員会や学校ごとの判断だそうだ。

富山市は「短い期間に自由研究を課すには子供の負担が大きい。研究に取り組みたいという子供は提出する」とあくまで任意。例年、ＪＡ共済連富山（農協）や消防局のポスターコンクールの応募が夏休みに集中する。例年通り、実施と中止の団体に分かれたが、応募は各自判断だ。ちなみに私の小学校時代、最後の二、三日を自由研究に充て、魚釣りや昆虫捕りに遊び回った記憶しかない。

第一波と二波——感染拡大も、意識が変わった

〔2020・8・7〕

お盆が近づいているためだろうか。第一波襲来のころ、政府や自治体は不要不急の外出自粛を呼び掛けた。市民一人ひとりが新型コロナウイルスに向き合い、感染を恐れ、ステイホームに努めた。感染者数を見る限り、収束し、緊急事態宣言が解除された。政府は基本的な予防措置を求めるも、経済を回すことを優先した。だが、富山県内は東京など都市部同様、七月以降の感染者数（八月六日時点）は三九人、二〇代が四割も占め、ほぼ毎日出ている状況である。第二波と見て間違いない。

昼食時、近くのレストランに入ると、結構お客がいる。さすがに賑やかなおばさんグループは少ない。焼き肉店では夜、若者や家族でほぼ満席だという。少し前のまちの空気と違うのだ。友人らと話すと、「四月、五月のころはものすごく、緊張感があった。このごろ、感染者数がぐんと増えているのに、以前に比べ緊張感がないのはどうしてだろうか」と打ち明ける。政府も国民も意識が変わったのだ。

しかも、前は政府や感染学・医療専門家は「感染経路を追い、クラスターを潰す、作らせない」と語り、一定成功した。だが、このごろは際立って、県外旅行などを介した市中感染と若者の感染者が増えた。ウイルスを保有した若者ら人々が動けば当然、ウイルスが活発化し、感染者が増える。ワクチンが出回り、ウイルスが行き場を失わない限り、感染の波は収まらないのは自明の理だ。

怖いのは一旦、行動制限を緩めた人間は、簡単に元に戻れない。マスクを外し、外へ出ておしゃべりしたい。食事やお酒を楽しみたい。欲望を抑え、加減して行動し、どう生活するのか。理屈は分かっているが出来ない。そうした中、小池東京都知事は帰省、旅行の自粛を求め、大村愛知県知事は県民に緊急事態宣言を発出した。一方、政府は成り行きに任せているように見える。

ふるさとは遠きにありて思ふもの――帰省か留まるべきか　〔2020・8・8〕

「ふるさとは遠きにありて思ふもの　そして悲しくうたうもの……」室生犀星の詩である。この夏ほど、ふるさとが遠い年はないに違いない。南方の島々や満州の戦地で、遠く祖国やふるさとを思う日本人兵士には及ばないが、田舎で暮らす父母や祖父母、友達への思慕はいつの時代も変わらない。

ふるさとへ帰るべきか否か。「帰ってほしいが、今度ばかりは控えて」と悲しむ父母や祖父母らがいる。東京、大阪、名古屋など都会のコロナ感染が拡大する中、政府の感染症対策分科会がお盆休みの帰省について「帰省はできるだけ控えていただきたい」と述べ、政府に提言した。政府は一律の帰省自粛を求めてはいない。富山県の石井知事は首都圏など感染が拡大している地域との往来は「緊急性や重要度の高いケースを除いて自粛を」と求めている。地方の知事らは概ね、帰省自粛を強く求めないが、「万全な態勢で」と訴えている。

富山に九〇歳の高齢者がおり、アルバイト先で不特定多数の人と会っているため、「家族にうつさないか不安」と帰省を諦めた学生。家族にうつすリスク、うつされるリスク。お互いを思いやり、帰省を断念した家族が多いようだ。この時期、学校の同窓会が花盛りだが、ほぼ中止が多い。お盆に合わせ、成人式を設定した自治体もある。参加の可否で悩むだろう。

富山県上市町はインターネットを使った「オンライン帰省」を提案する動画を制作、投稿サイト「ユーチューブ」で公開した。「帰省ができなくても、つながりを絶やしたくない」との思いで首都圏の町同窓会や町民有志と協力し、制作した。コロナ禍でふるさとを思うこころは犀星のようには悲しくはない。逆にふるさととのきずなを確認できるはずだ。

市長が緊急メッセージ——感染拡大お盆控え市民に要請〔2020・8・8〕

私が暮らす射水市の夏野元志市長は、全国的に再び感染拡大し、帰省ラッシュが予想されるお盆を控え、市民に緊急のメッセージを発した。市内約三万一五〇〇の全世帯（人口約九万二千人）に町内会を通じ、配布された。市長の直接のメッセージ配布は三月末に衝撃的な県内初の感染者が出て以来である。内容は感染者が多く出ている地域との往来、お盆期間の帰省についての行動、新しい生活様式の徹底など具体的に記してある。

住民にとって最も近いリーダー（首長）は市町村長だ。その上は都道府県知事、総理大臣。顔と日頃の言動が見えるためか、全世帯へのメッセージはインパクトがある。ことに射水市はこのところ、感染者が連日、発表されている。一昨日には病院と併設する介護施設から介護職員の感染者が出た。念のため、スタッフのPCR検査をしている。クラスターが発生しないことを祈るばかりだ。

先日、全国知事会長の飯泉徳島県知事が西村経済再生担当相とオンラインで会談した。新型コロナウイルス特措法に基づく、緊急事態宣言を「市町村単位」で発令するという柔軟な対応の検討を求めた。基礎自治体の自主的な対応は実に新鮮だし、実態に即した判断が可能だ。特措法は、首相が期間と区域を定めて緊急事態宣言をする、としている。現在、都道府県レベルにも規定、権限はない。地方にとって実にもどかしい特措法なのだ。

「市町村単位」は地域の実情や地勢、産業、業種に応じ、限定的に宣言を出すことも可能だ。その代わり、一旦、ウイルス感染者を抑え込めば、地域経済の回復も早い。場合によって隣接の市町村、県境をまたぐ市町村との連携も図れるだろう。地方分権、地方自治拡大のチャンスである。

被爆地を訪ねて――修学旅行中止相次ぐ

〔2020・8・9〕

本日九日は長崎、六日は広島の「原爆の日」だった。昨年の八月、所要で広島市を訪れた際、小雨の煙る中、平和記念公園を歩いた。広島平和記念資料館が新装オープンした、とテレビ番組で知った。館内に入ると、若者を含め、いっぱいだった。展示のコンセプトは「人間の魂の叫び」「生きざま」だという。八月六日の惨状、火傷と負傷にあえぐ被爆者、人影の石、頭髪が抜けてしまった姉と弟……。ゆっくりと歩きながらも、無言のままたたずむ姿が目立つ。

あの日、きのこ雲の下で何があったのか。被爆者の遺品、被爆の惨状を示す資料や写真が展示してある。目を疑うような風景、人間が人間でない姿。写真はどれも本物。爆心地に近い中国新聞社のカメラマンが撮った写真がかなりあった。あの時、どんな思いでファインダーを覗き、シャッターを切ったのだろうか。

原爆の怖さ、凄さは人々が惨禍の中を生き延びた後も、困難と苦悩に直面し、生き抜いたことだ。わが子や親、家族や友人を失い、この上ない苦しみと悲しみを抱き、耐えて、あるいはこころの傷や病を抱えながら、生きねばならない。新たな展示内容は、ことさら残酷さを強調しない、成長した子供たちの姿も。自然な形の写真が一層、心に響いた。

戦争、原爆、平和。戦後七五年。コロナ禍の富山県内の中学校で修学旅行の中止が相次ぐ。例年、旅行先の八割が関西・広島方面。各校は平和学習を組み込んでいる。今年は大切な機会が失われた。県被爆者協議会は被爆者四五人の手記をまとめた証言集を作り、七月に県内小中高校に配った。「講演依頼など積極的に引き受けたい」と話す。証言を聞き、いつの日か広島、長崎を訪ねてほしい。

コロナ禍のお墓掃除——増える墓守の不在

〔2020・8・10〕

早朝、町内にあるお寺のお墓の掃除に出掛けた。お盆が近づき、本日は猛暑日が予想されるため、早めにと、バケツとタオルを持参した。墓廻りや墓石を洗っていると、隣のお墓の親族と思われるご夫人が墓掃除に来て、話し掛けられた。お墓の名前は私が暮らす町内にはない名字。どこの方のお墓なのか知る由もなく、以前から気にはなっていた。

聞けば、この夫人は「後期高齢者だ」と話し、母親は私の町内の○○さん方から射水市内（旧小杉町）へ嫁ぎ、その後、一家は東京暮らし。本人はまだ幼いのころ、東京大空襲に遭った。終戦後、家を失い、バラック小屋暮らしなど転々とした。戦後は父親の実家を頼り、富山へ帰ったという。お墓を求めるに当たり、この寺の町内の方々のお世話になったそうだ。このお墓に親や夫が眠っているのだろうか。

一年に一回といえ、この暑い時期のお墓掃除は気が重く、どことなく義務感を感じてではあるが、それでも亡き人に会いに行く場所として、お墓が存在する。こころの中で想い起こすことがあっても、この場所に来れば、「会話」ができる、不思議さがある。

ふるさとを離れれば、墓掃除などできない。近ごろ、県内のシルバー人材センターに墓掃除の依頼があるそうだ。人材バンクに登録したお年寄りらが墓掃除をするシステムが人気と聞いた。それならまだいいが、墓じまいする人やお寺が管理に困る、無縁仏のお墓が増えている。

先のご夫人は今朝、「今、お墓の掃除に行くよ」と子供らにメールした。「コロナ禍でもこうやって、墓掃除をしていること伝えないと、大切な事を忘れますから」と言い、掃除を始めた。

コロナ禍の先生志望――人気劣るも人材期待

〔2020・8・11〕

「でもしか先生」――もう死語だろうか。終戦を迎え、戦後の復興、高度経済成長時代へ向かった昭和時代。一九五〇年代から六〇年代、団塊の世代が誕生し、働く場が広まった民間企業への就職志向が強まった。就学児童・生徒の増加が続く中、「でもしか先生」が増えた。

特段、やりたい仕事がないのなら、「先生にでもなろうか」。合格した暁に教壇に立った先生たちを指して言う、「でもしか先生」である。たぶん、私たちの児童・生徒時代は、その時代の先生に指導を受けた。

しかし、記憶に残る先生は例えば、小学校時代、冷え込んだ冬晴れの日。体力作りにと、授業をやめ、凍った田んぼの雪の上を歩き通し、学校に戻ったら、正午のお昼時。これが何とも楽しく、忘れ難い。後年、先生は校長にひどく叱られたと聞いた。あの時代、子供の目線からすれば、「でもしか」か、どうか知らないが、授業も遊びも熱心な、個性豊かな先生がいっぱいいた、と記憶する。

だが、団塊ジュニアの就学や、一人ひとりの指導を重視するため、学級定数の縮小に伴い、教員試験は「でもしか」ではなく、難関時代が続いた。ことに教育県・富山は教員志願者が多く、かつ競争率が高いため、地元の有能な人材が県外へ流出した歴史がある。

本日の朝刊に「教員試験　コロナ影響欠席増」「志願増でも受験最少」とあった。県教委は過去最少となる受験者減を心配している。元々、近年の学校教育や教師の働き方を巡り、厳しい志望環境にある。事務的仕事の忙殺や保護者との関係などで敬遠される現状がある。応募倍率に一喜一憂する必要はない。「でもしか先生」に負けないコロナ時代に、教育の世界に飛び込む人材に期待したい。

富山アラート発令——市中感染、「昼カラ」も　〔2020・8・12〕

マスク着用や二メートルの間隔、三蜜の回避。一人ひとりが意識し、普段コロナ対策を続ける。複数の仲間が集う、食事会や飲み会ともなれば、コロナ禍の約束事は頭から消え去る。冷静さを失い、しゃべりまくる。これがスナックやカラオケ店ともなれば、意識は一変する。みな興奮し、約束事は吹っ飛んでしまう。人間、環境が変われば、こころは弱い。「これくらいは、大丈夫だろう」と都合のいいように歌い、酔いが回る。

今朝の北日本新聞一面トップ記事は「富山アラート発令」。小池都知事は以前、大きな活字のパネルを見せ、「東京アラート」を記者団に示した。富山県の石井知事が掲げたパネルは、どこか控え目な「富山アラート」。細かく、小さな文字で県民へのお願い事が記してあった。県のロードマップによると、ステージ2は夜間の外出自粛、接待を伴う飲食店の利用禁止、大規模イベントの制限強化を求める。「富山アラート」はステージ2の一歩手前、制限前のいわば「警報」である。

県内は四五日ぶりに感染者が出た七月二日以降、感染者は六六人、新規陽性者数や感染経路不明の新規陽性者の割合は、基準を大幅に上回った。県別の人口割合比でも、全国のトップクラスである。理由は第一波に少なかった若者層の市中感染者数の増大と「昼カラ」である。

加えて、第一波では公立病院と高齢者介護施設でのクラスター（感染者集団）が感染者の大部分を占めた。今回は飲食を伴う、昼間営業のカラオケボックス（昼カラ）やスナックで感染者が蔓延、クラスターが発生した。昼カラやスナックは高齢者の憩いの場になっている。マイクの消毒や換気をしていたそうだが、地域の仲間を大切にするこころがアダになっては、元も子も無い。

リレー花火──ケーブルTVが県内中継

〔2020・8・13〕

打ち上げられた花火を褒めるコツが古典落語「たがや」の枕にある。「ズドンと上がって、上で開いてからシュウと落ちるまでの間《ま》に、〝たまやぁ……い〟」とやる。花火のドーンという音と喜ぶ観衆の声が河原に広がる情緒があった。「たまや」は江戸の花火屋だが、名前を呼ぶだけの間があった。

かつて、富山市の花火師、松田利彦さんに現代流の花火について伺った。一呼吸置くだけの間はない。一発ごとの玉ではなく、玉を重ねて打ち上げる。「空をあけない」のが時流だ。しかも、打ち上げ時間内のドラマを描く。打ち上げは一発一発ではなく、コンピューターに入力する。期待通りの重ね連発はまさにミュージカルのようだ。観衆のこころと一体化すれば、舞台は大成功だ。

コロナ禍、日本中どこも花火大会や祭りが中止になった。こんな中、県民を元気づけようと、北日本新聞社が企画主催し、県ケーブルテレビ協議会（九局）や県、とやまソフトセンターの協力を得て、県内全域に音楽に乗ったリレー花火中継した。番組時間は三〇分。打ち上げ場所は四か所、三蜜を避けるため、非公表とした。こんな花火大会は初の試みだが、コロナ禍が県民に知恵を授けた。

昨夜の午後八時、私も自宅でケーブルTVのチャンネルに合わせ、中継を待った。最初は小矢部市のクロスランドおやべ。テーマは「元気に」。音楽をバックにスターマインや3号玉が上がった。続いて、魚津市の遊園地・ミラージュランド、テーマは「エールを」。普通なら家族連れの歓声が響く。花火のバックに観覧車やメリーゴーランドが照らし出された。高岡おとぎの森公園では近くの住民らが夜空を見上げていた。

最後は富山市の県運動総合公園。無観客のスタンドを手前にひときわ高く、鮮やかに花火が打ち上げられた。コロナに負けないーを胸に秘め、やっと富山に夏が来た。

熱中症とコロナ――悩むアドバイス　〔2020・8・14〕

梅雨が明け、太平洋高気圧に覆われた日本列島は一転、連日の猛暑日である。三五度を超す気温は、ここ十年来のことだろうか。気候変動、地球温暖化が急速に進む。子供のころ、宿題の絵日記と言えば、スイカを食べた日と、遠くに見える海辺の花火の夜空を思い出す。日記には日々の最高気温を記した。「今日は暑い日だった。28度」。真夏日どころか、猛暑日などなかった。

富山県は連日、猛暑日続き。一〇日、一一日と連日、本日の一四日は三八度台の猛暑、いや「酷暑、炎暑、極暑、炎天……」か。暑くて言葉が続かない。全国一暑い日もあった。一二日は今年最高の三八・九度を記録した。猛暑日続きの、短い夏休み中の子供たちはどう過ごしているだろう。外を歩いても、姿はない。海辺かプールか、それともクーラーの効いた部屋で宿題に取り組んでいるのか。

新型コロナウイルスが感染拡大した第一波のころ、夏場は衰えても、寒くなる秋ごろから再び、猛威を振るう。夏のオリンピックのころ、冬の南半球の国々からウイルスを持ち込む――と推測する感染学者もいた。それが予期せぬ「猛暑の中のコロナ禍」だ。

射水市長のコロナ対応の緊急メッセージ文の裏面には、厚労省・環境省の「熱中症を防ぐためにマスクをはずしましょう」と警告メッセージが載る。大変なのは市民以上に、熱中症の疑いで運ばれた患者を診察、治療する医療従事者だ。コロナ感染の疑いが捨てきれないためだ。「冷房を入れても、外気を入れて」――コロナ禍の熱中症対策はいかに有るべきと悩む。

子供たちには外出の際、特に注意して遊んでほしい。北日本新聞の子供を持つ父母を応援するウェブサイト「コノコト」はいろいろアドバイスしている。動物園でのエサやりはトングで。映画館は座席半分で「蜜」回避。海水浴場やプールは人数制限等々。受け入れ側の対応と子供らの心得だ。

コロナ禍の終戦記念日――戦禍の悲惨さ語り継ぐ

〔2020・8・15〕

あの日、玉音を拝した日本人の思いはさまざまであった。北日本新聞の記者たちはどんな思いであったろうか。落胆、解放感、不安、虚脱の中、仕事をする気力が湧かなかった。八月一六日付の社説で「恐らく今後の幾十年は日本歴史ありて初めての大苦難に直面するであろう。だが、之は天が日本民族に期する所大なる為にほかならぬ。互いに手を取り合はせ……邁進すべきである」と述べている。

あれから七五年。苦難の道は続くが、本日の社説は「不断の努力で平和守れ」と呼び掛ける。ちょっと油断すると、戦争へ引きずり込もうとする音が聞こえる日本であり、世界の七五年の歴史である。戦後、戦火を交えなかったのも、国民の平和を希求する努力と固い決意にほかならない。その大きな原動力は国民が戦争の怖さ、悲惨さを語り継いだことである。二度と兵器や核兵器を使わない平和を守り抜くことに尽きる。

ここ、ひと月余り、コロナのニュースに負けない北日本新聞の「戦後75年とやま」シリーズが紙面を占めた。新聞の使命感が伝わった。さまざまな資料や戦禍の体験を発掘した。戦争体験を知らぬ記者の取材対象は祖父母に当たる。それも語る人が少なくなった。

先日の地域版に戦争体験を語り継ぐ小さなニュースが載っていた。高岡市の住民でつくる古里研究会（大菅正博会長）が地元の人が残した戦時下の日誌や新聞記事などを見ながら、思いを馳せた。旧能町《のうまち》村で空襲から港を守る高射砲の陣地、放水訓練やバケツリレーが行われたことを振り返った。大菅会長は「時間がたてばたつほど、証言は貴重になる」と話す。記憶を記録する大切さを訴えた。

安心と不安な店——県の判断で「見える化」〔2020・8・16〕

第一波のころ、飲食店の受け入れ態勢はそれほど、厳格ではなかった。むしろ、不要不急の外出自粛の号令の下、県民は飲食店自体を避けていた。富山県内の感染者と言えば、多くは病院と介護施設のクラスターだった。

第二波に入り、県内は市中感染に加え、スナックやカラオケ店など飲食絡みの、クラスターが発生した。「経済を回す」「回らない」に目がいき、客と従業員、客同士の感染予防策が甘かったと指摘されても仕方ない。個々の飲食店に入ると、感染症予防対策の違いが分かる。客が多過ぎて、大丈夫かなと感じたことも。店員のマスク、入口には消毒液、テーブルの密接回避は、ある程度浸透しているが、飛沫の飛散防止用のシートの有無はまちまちだ。

都道府県はコロナ感染防止のため飲食店に対し、安全基準を示す。お客に安心感を与えることが大切だ。感染症法の対応は、都道府県知事の権限であり、義務である。国に伺う必要はない。例えば、「万全なコロナ対策」が基準をクリアすれば、店は「安心なお店」のステッカーを張る。感染対策の「見える化」だ。東京都は実施しているようだが、店が勝手に「安全ステッカー」張っているから、おかしくなる。業界団体は主体的に、知事はもっと権限行使に踏み込んでいいはずである。

以前、厚労省はＰＣＲ検査の「『体温三七・五度以上、四日間以上続く』は基準でなく、目安」と修正した。検査数が増えない理由を指摘されたため、だった。そのころ、富山県は医師が「怪しいため、検査が必要」と判断した場合、目安を度外視し、検査に回したという。人口比で富山は全国五番目に高かったそうだ。これは有効な権限の行使の結果である。

年の瀬に今年もそば祭り——三蜜避け、町内全戸に出前

〔2020・8・17〕

猛暑日続きの二、三日前から私が暮らす稲積地区の田んぼでは、トラクターがエンジン音を立て、動き回っている。初夏のころ、麦の収穫を終えた田に、そばの種を植えているのだ。来春まで農地を遊ばせておくのはもったいない。遊休農地を活用したいと、町内の農事組合法人「ファーム稲積」（西川力男代表）は三年前、地元産のそば栽培に挑戦、町内でそば祭りの計画を練っていた。

だが、残念なことに大雨や台風など天候に恵まれず、祭りを開催できるほど、実らなかった。三度目の挑戦の昨年は何とか、三・六㌶の農地で収穫ができた。待望の初のそば祭りは年末から今年二月にずれ込んだが、実現に漕ぎ着けた。今年は猛暑続き、種蒔き後の天候は崩れる予報が出ていない。そばの種は雨に遭うと腐り、実らない。「今が蒔き時」とお盆の作業となった。

町内には、そば打ち名人でつくる「悠々いみず蕎麦の会」（日下豊代表）のメンバーが五人いる。会は県内のイベントに呼ばれ、そばを振る舞っているほど、名人揃いである。今年二月、初のそば祭り会場の公民館に地元や近隣の有志らが殺到した。会場ではそば粉を練る実演も披露。そばの種蒔きから収穫、白い花一面のソバ畑など、栽培工程を写真パネルにして展示した。おろしそば約二五〇食を無料で用意、住民らは和気あいあいと、地産地消のそばを何杯も味わった。

今年もそば祭りを企画した。しかし、コロナ禍の公民館での祭りは三蜜のため、危険だ。多分、住民の多くは今年のそば祭りを楽しみにしているはずだ。それなら、飲食店が生き残りをかけ、実践した出前やテイクアウト方式ができないか、議論した。体が不自由で公民館まで行くのも辛い高齢者らもいる。年の瀬に、全世帯九〇家族に生そばを配達。出前方式の「そば祭り」が出来ないか考えている。

遥かベイルート——コロナ禍のパレスチナ・シリア難民〔2020・8・18〕

一九九五年一〇月、レバノンの首都・ベイルートを訪ねた。中東問題取材のため、中東諸回を巡った。街を車で行くと、ホテルや劇場、銀行のビルは焼け焦げ、打ち込まれた砲弾の跡が見えた。廃墟の街だ。一九七五年以来のレバノン内戦の傷が残っている。レバノンと言えば、かつて元日本赤軍の重信房子が潜伏していた。最近では、硝酸アンモニウムの爆発事故と日本から逃亡した日産自動車の前会長カルロス・ゴーン被告の自宅がレバノンにあり、注目を浴びる。

レバノンにはイスラエルとの対立で追われたパレスチナ難民、加えてイスラム国の襲撃で逃れたシリアからの難民が暮らす。レバノンの人口六八四万人の三割が難民という。ベイルートの難民キャンプには前項で紹介した砺波市の洋画家、吉川信一さんが子供たちに絵画指導に訪れている。

レバノンは昨秋以来、現地通貨の大幅下落に伴い、物価の急騰、大量解雇や事業閉鎖が相次ぐ。そこに、コロナウイルスの感染拡大で深刻な影響を受けているのが難民である。難民キャンプ内でも感染が確認された。狭い部屋に大家族が住み、隣人との距離が近い。十分な医療が受けられない。難民らは一日食べる量を減らしても、なお食糧難に苦しんでいる。

長年、難民支援を続けている特定非営利活動法人「パレスチナ子どものキャンペーン」（本部・東京）から自宅に「緊急食糧支援募金」の案内が届いた。射水ロータリークラブが五年前、記念事業で講演会に併せ、難民キャンプの子供たちが描いた絵画と写真展示会を開いた。この射水市内には中東からの労働者もいる。以前、県内の有志がシリア難民に物資を送ったというニュースがあった。経済危機とコロナ禍に苦しむ、遥かな街・ベイルート。日本の一地方とつながっているのだ。

夏空に立山連峰映え――移動減り環境改善？

〔2020・8・19〕

富山県の東部に屏風のようにそびえる立山連峰。くっきり望めるのが晩秋から冬晴れの日だ。雪を被る峰々が美しい。半面、晴れていても、夏場は空がかすみ、見えない日が多い。今夏は雨続きの晴れ間や猛暑の日も、くっきりとまでいかないが、雪のない稜線の見える日が多いようだ。

自宅の窓から見える国道八号の車列は、不要不急の外出自粛要請のころに比べ、特段多いように見えない。お盆中の県外ナンバー車はほとんど見なかった。例年なら、関東、関西、東北の車が当たり前のように走っていた。七日～一六日の期間中、北陸自動車道の一日の平均交通量は、前年比41％減の二万五千台。東海北陸道は53％減の六千台だった。空の便の利用客も同様に少ない。県内入りの車や人が少なければ、「渋滞」と言う言葉、今夏は心配無用だった。

富山市内のデパートでは、テイクアウトやオードブルの売れ行きが好調だったと聞く。近くのスーパーも混雑していた。自粛生活、ステイホームに加え、テレワークは私の周りでも結構、浸透しているように見える。当然、走る車が減る。働き方改革だけではなく、環境に優しい要素でもある。

地球温暖化の元凶は二酸化炭素だ。コロナ禍は環境改善に思わぬ効果を及ぼした。世界各地で「空気がきれいになった」という報告がある。大気汚染が深刻なインド北部の都市では、空気が澄み、ヒマラヤ山脈が数十年ぶりに見えた。市民らが目の前にそびえ立つ、ヒマラヤを初めて見たというから驚きである。中国・武漢の夜空に星が見えるようになったという。

経済失速のせいで、環境改善が進み、喜んでばかりはおれない。両立の中でストップ地球温暖化、地球環境をどう取り戻すのか。山々の麓で暮らす者は、四季折々のそびえる峰々を拝みたい。

とっくに県内は第二波では――「警報」は早めに　〔2020・8・20〕

海の波は普通、突然押し寄せるものではない。沖合からゆっくり波高を高めながら、陸に打ち上げる。風が強く、波浪警報が発令されておれば、沖合の波は既に高く、船舶の航行も危うい。沿岸を航行する漁船は早めに漁港に帰り、波が収まるのを待っている。

新型コロナウイルスの第一波は収束し、二波に備えるも束の間、感染者が再び増加し続けている。七月末ごろには当然、第二波襲来と思い込んでいたが、富山県はまだ「第二波」とは認めていなかったようだ。そう言えば、正確には関係者は、「第二波」という言葉は使用していない。

七月二日に四五日ぶりに陽性患者が確認された。以降、県外旅行歴のある若者を中心に増えた。八月に入り、富山、魚津市内のカラオケ、スナックなどで感染者が相次ぎ、クラスター（感染者集団）が発生した。七月初めの患者発生以降、昨日の八月一九日まで新規感染者百人を超えた。市中感染も多く、県衛生研究所は「第二波が県内でも起きているのではないか」と語る。感染経路不明の陽性者は県の規制強化基準を超えている。第二波は疑う余地はないだろう。

同じ波でも、県民は富山湾沿岸地帯の漁業関係者が呼ぶ「寄り回り波」を恐れている。富山湾の西に能登半島が突き出ており、湾内の波は案外、穏やかだ。だが、冬場に北海道西方海域で低気圧が発達し、強い季節風が吹き続くと、波は日本海を南下し、水深千《メートル》以上の富山湾内にエネルギーを蓄えて波が押し寄せる。晴れていても、風や波浪が大きくないため、突然、海岸近くで数《メートル》もある牙のような波が襲ってくる。無警戒のため、犠牲者が出ることがある。これが「寄り回り波」だ。

第二波のコロナ警報。早く出すことを恐れてはいけない。渋っていると、被害甚大である。

無念、敬老会は縮小――中止の「おわら」来年へ始動

〔2020・8・21〕

私が暮らす射水市大江地区（旧校下）の「敬老の日」にちなんだ、敬老会が縮小することに決まった。地域振興会、老人クラブ連合会が主催し、コミュニティーセンターに七五歳以上の高齢者を招く。地域の芸達者と園児による踊りや歌、食事を楽しむ。今年は対象者三四二人、米寿の表彰者は一七人と年々増える。楽しみにしていたお年寄りが多かっただろうが、コロナウイルス感染防止のため、一堂に会するにはハードルが高い。

代わりに、地区の世話役が対象者宅を訪問し、記念の品や市長のメッセージ、県知事のお祝い状などを手渡す。一軒一軒歩く世話役も大変だが、来年こそ開催することを誓った。今秋、敬老会のほか、文化祭、運動会、秋祭りなど地域のイベント、行事が続く。だが、コロナの感染拡大に伴い、あちこちの地区から無念の中止や縮小の声が聞こえる。

中止と言えば、富山市八尾地区の九月一日から三日の「おわら風の盆」は既に中止の決定を前項で報告した。だが、お盆前なのに、おわらの稽古に励む踊り手の練習風営が新聞に掲載された。一瞬驚いたが、新聞の見出しに「踊り手〝25歳卒業〟延期」「おわら来年こそ」とある。おわらの踊り手は男女とも二五歳で一線から退くのが慣例だ。

子供のころから始め、二〇年間務めた若者もいる。今秋、二五歳で最後の「おわら」に参加できないため、おわらを受け継ぐ各町内が来年を〝卒業年〟に延期する計らいだ。年齢制限のない、高齢の三味線の名手も元気に練習に励んでいる。ウィズコロナ、アフターコロナも変わることなく、「おわら風の盆」である。伝統の文化や行事を守ろうという地域の心意気が頼もしい。

新天地・地方で就業を――田園、里山、海がある　〔2020・8・22〕

新型コロナウイルス感染拡大に伴い、東京も地方も雇用が急速に悪化している。派遣切りはむろん、倒産と正社員の解雇は秋以降、急速に増えるという予測が出ている。都会で再起を目指す人もいよう。だが、この際、地方で働いてみたいと思う人がいるかもしれない。その地方だって、望む業界や企業、職場がたくさんあるわけではない。厳しさは同じだろう。

言えることは、地方には安価な土地をはじめ、無尽蔵の資源、田畑や里山、海がある。かつて、そこは多くの人々の職場だった。米作りは集約化が進むが、少子高齢化で働き手が減り続ける。「あと何年もつか」と嘆き節が聞こえる。里山は緑に囲まれ、かつて農業や林業が盛んだった。飯を食うには十分な資源があった。住民は土地を棄て都会へ出て行った。今や耕作放棄地だ。谷あいの田んぼには草や雑木が生い茂る。街なかは空洞化し、空き家や空き店舗が目立つ。これだって資源だ。

坪数百万円の土地などない。むしろ、ただでもいいから、活用してほしい資源だ。贔屓《ひいき》するわけではないが、私の暮らす射水市には海も里も山もある。日本海に面した新湊地区は富山湾の宝石、シロエビの漁場を持つ。富山湾には魚介類五百種類も生息するとあって、新商品づくりと販売ルートの開発に熱心である。田園地帯の里は米作りや野菜、果樹栽培が盛んだ。

里山、一般的には中山間地と言うが、耕作放棄地や荒れた山林が広がる。私の居場所、きららかネットワークは竹林伐採と炭焼きなどの製品化に取り組む。新たな視点で里山再生、再資源化ができないものだろうか。ネット社会、テレワークの時代。東京と地方の距離はない。近所、同然だ。贔屓の引き倒しにならぬよう、何も富山に限らず、全国の地方に宝が眠っている、と強調したい。

コロナ後に何が生まれる?——ペストの時代は?

〔2020・8・23〕

今朝の朝刊スポーツ面に全英女子ゴルフで「渋野105位予選落ち」とあった。前回は初出場にして日本人初の優勝。シンデレラガール、スマイル渋野も「風に苦戦、崩れる」と解説してあった。重圧があったのだろうか。前週に続き、ゴルフのメッカ、イギリスでのラウンドだった。

ゴルフ発祥の地と言えば、イギリス、オランダ、フランスなど諸説はある。ゴルフは一四世紀にヨーロッパ、アメリカにパンデミックを起こしたあの感染症、ペスト後に生まれたという。イギリスではペストで大勢の国民が亡くなった。労働者としての農民が不足した。広大な土地を有効に活用するため、牧羊を導入した結果、毛織物工業が発達した。羊飼いは牧羊犬に管理させ、仕事の合間に始めた遊びがゴルフの発祥だ、との説がある。

世界的な感染症の後に何が生まれるのか。ポストコロナの話題に事欠かない。しかし、ペスト終息後、資本主義やルネサンス運動、新スポーツ・ゴルフの普及を予言した者はいただろうか。何百年の時を経て、「あの時の遊びが始まりでは……」と推察されたに過ぎない。ポストコロナは既に、あらゆる分野では始まっているに違いない。それは何なのか、誰も分からないし、誰も確認できない。

今、誰かが、どこかの地域の人々が、地域や職場、企業や業界で、誰かがすごい事だと考え、実践した運動が後々、日本を、世界を変える大改革だったと称賛されるかもしれない。

ペスト時代に人々を、社会を大きく変えた原動力と言えば、大勢の人々を殺した事実そのものである。「もう神様はいない」「神は守ってくれない」——ルネサンス運動が生まれ、近代社会・資本主義経済が生まれたのである。感染症は世界を、社会を改革する「陣痛」と言われる所以である。

コロナ禍の「いっぽ」——赤ちゃんの足形、幸あれ　〔2020・8・24〕

新型コロナウイルスの終息が見通せない中、東京からの里帰り出産が厳しい。コロナ前なら、みなに歓迎され、病院側も優しく受け入れた。だが、現実は甘くない。知人の娘さんが出産のため、東京から富山に帰省した。県内の病院へ行き、出産したい旨、医師に相談した。医師は当初、コロナ禍のため、帰省自体に対し、「なぜ、帰省したのですか」と、いい顔をしなかったそうだ。だが、理解を得て、無事出産でき、家族はほっとした。

県境をまたぐ里帰りの自粛が求められ、安心できる出産場所を捜しあぐねる妊婦が多いようだ。新型コロナウイルスの感染防止のため、検診や出産方法を制限されるケースもある。夫は出産に立ち会えないし、ましてコロナウイルスに感染でもしておれば、一大事だ。病院側はリスクを負う。

今朝の朝刊地域版に「『はじめの一歩』ここに」「木象嵌《もくぞうがん》であかちゃんの足形」という温かいニュースが載っていた。射水市内の「永森家具店」が県指定伝統工芸「富山木象嵌」を広く知ってもらおうと、赤ちゃんの足形を実物大でデザイン化した、木製の楯《たて》「はじめのいっぽ」（商品名）を考案した。2Lサイズ、厚さ五ミリの板材を二枚にした記念品。赤ちゃんの足形の木象嵌を施し、氏名、誕生日、身長、体重を書き込む。もう一方には、赤ちゃんと家族の写真を入れた。

考案した家具店の永森豊さんは「一つ一つ丁寧に作る伝統工芸の良さを知ってほしい」と語っているが、コロナ禍だけに、「はじめのいっぽ」は赤ちゃんや家族へのエールが込められているのだろう。足跡の形はこの世に生まれ、長い人生の第一歩を刻んだ印である。赤ちゃんには「幸多かれ」と祈りたい。

伝統の「おしょうらい」復活――懐かしい線香花火も　〔2020・8・25〕

処暑が過ぎ、富山の日中はまだまだ暑いが、朝晩は幾分、涼しい風が吹く。周りの田んぼの稲穂が少し黄金色に輝き始めた。八月末から九月初旬にかけ、早稲種の稲刈りが始まる。上空を見上げると、少し絹雲がたなびいていた。秋近しだ。私自身、夏の思い出らしい思い出もなく、「コロナの夏」が終わろうとしている。夏が終わっても、コロナはいつまで続くのか。諦めと落胆の日々であったが、学ぶことの多い夏であった。

振り返ると、書き損ねた、懐かしい行事が結構あった。コロナで中止ではなく、逆に復活した風景が見えた。漁業のまち、富山市四方地区でお盆の伝統行事「おしょうらい」が行われた。子供から大人まで住民五〇人が砂浜に集い、火の付いた松明を回し、先祖の霊を迎えた。四方小学校のＰＴＡが子供たちに伝統行事に触れ、夏の思い出にと、二〇年ぶりに復活させた。「おしょうらい、おしょうらい」。子供らが声を上げ、火の付いた松明を楽しそうに回した。明年も続くことを祈る。

私の子供のころ、夏の思い出と言えば、近くの用水沿いで楽しんだ線香花火がある。花火に火を付けると、五ミリほどの火球（玉）が出来ては消え、再び火球の形に戻る。これを繰り返し、最後に「シユーッ」と消滅する。線香花火は夏休みの終わりを告げるようで、寂しさが漂う光景だった。

お盆前だが、やはり地域の子供らに短い夏休みの思い出にと、下条川夏の夕べ実行委員会が射水市戸破（小杉地区）の市民交流プラザと下条川周辺で「下条川夏の夕べ」を開いた。例年の納涼祭やみこし祭りに代わって、シャボン玉遊びや歴史クイズ、線香花火大会を企画した。線香花火三千本が無料配布された。「パチパチ」と音を立てた花火は、「あの夏の夜」の思い出に残っただろう。

忙し過ぎる先生――教室やトイレ掃除も　〔2020・8・26〕

「コロナ禍の先生志望」の項で志願者減の状況を述べた。背景には先生の事務量の増加や保護者との関係など負担が大きい、と指摘した。現下のコロナ禍の中、どのような環境で先生たちは働いているのか気になっていた。現役の先生やOBから最近の職場の様子、「コロナ禍の働き方」について、聞く機会があった。

今年は夏休みを大幅に短縮し、お盆を過ぎて早々に、二学期が始まった。三月から休校が続き、授業時間確保のための措置だった。授業時間量や土曜授業増に伴い、一週間の授業量が増えた。子供たちは大変だが、先生の準備すべき仕事が増えた。だが、これが先生の仕事なのか、と疑問を感じる仕事が増えた。従前、子供らが関わっていた教室やトイレ掃除などがコロナ対策として、先生たちが引き受けた。子供らの感染リスクが高いためである。

登校前、下校後には学校内の施設や教室、机などを掃除。掃除といってもごみ掃除ではない。除菌作業だ。給食の配膳、プリント配りも児童らには危険が及ぶため、先生が引き受けている。コロナ禍の子供のケアにもいつも以上に心を配り、心身ともに疲れ、帰宅時間も遅くなる。

そうでなくても、かつて、遅くまで仕事を続け、過労死した先生がいた。コロナ禍の先生たちの過労が心配だ。医療・介護従事者の過労がたびたび、指摘される。子供たちを預かる先生、教育現場が置き去りにされているように思う。先生といえば、かつて「聖職」だった。その言葉に今も安住し、先生に任せ切りでなかろうか。疲れ切った学校の中では、元気な子供は育たない。

コロナ禍のいまこそ、行政と地域は先生の働き方、教育環境を改革したい。

インフルエンザとコロナ——同時流行の備えいつまで

〔2020・8・27〕

インフルエンザの起源はいつか？　文献によると、「ある日突然、多数の住民が高熱を出し、震えがきて咳が盛んになった。たちまち村中にこの不思議な病が拡がり、住民たちは脅えたが、すぐに去って行った」。これは紀元前四一二年の医学の父と言われる、ヒポクラテスの記録である（東大農学生命科学研究所、堀本泰介氏）。世界中に広がり、日本では八六二年の「三大実録」という古書にインフルエンザと思われる症状と感染拡大の記載が残っている。

しかし、科学的にインフルエンザが判定できるようになったのは、ここ百年余りに過ぎない。ワクチンは何種類かあるが、撲滅には程遠い。近年では一九一八年のスペイン風邪。以降、香港風邪、ソ連風邪などがある。インフルエンザウイルスは型を変えながらも、今も流行を繰り返しているのだ。

二〇二〇年、新型コロナウイルスが世界中に猛威を振るう。第二波の衰えは見えず、秋ともなれば、インフルエンザの季節である。政府は身構え、同時流行に備え、インフルエンザの予防接種や検査、検診体制の拡充を図る。県内の地方自治体においては、住民へインフルエンザワクチン予防接種の、助成予算措置を組み始めた。発熱など症状が似通っているため、インフルエンザとコロナの同時多発で医療現場の混乱を避けるため、インフルエンザをいかに効果的に抑えるか、必死だ。

子供の助成にばらつきがあり、ここに来て、市町村は予防接種費用の助成拡充を次々と打ち出している。生後六か月から高校生に全額補助。一歳から中学生まで。三歳から一八歳までなどさまざまだ。まだ見えぬ「同時流行」の対応は全国民に対し、国と都道府県、市町村が一体的に進めてもらいたい。コロナはいつまで続くのか分からないが、ウィズコロナ&インフルは勘弁してほしい。

首相辞任――地域・地方はどうなる〔2020・8・28〕

本日昼すぎ、車を運転中「安倍首相、辞任の意向を固めた」とニュース速報が流れた。一瞬驚いたが、「やはり」の思いがよぎった。私が現役時代、小泉首相の下、安倍さんが官房長官と副官房長官時代に二度、仕事で雑談したことがあった。安倍さんは側近ながら小泉首相の弱点をあえて語ったことを思い出す。将来を見据え、自信満々だった。その安倍首相が二度目で長期政権を築いたが、持病が引き金とはいえ、前代未聞のコロナ対策の前で支持率低下を招いた結末との見方ができる。

コロナ禍の中、国と地方、東京と地方の関係、課題が国民の前に見えた。新型コロナウイルスの現場で闘う首長と自治体、中央で指揮する官邸と霞が関。常にちぐはぐな関係が露呈し、結局、地方の意向を尊重するも、無視する姿勢も見えた。辞任会見の冒頭、新たなコロナ対策を示したが、特段、地方が歓迎する真新しい内容ではなかったように思う。

国のリーダーが変われば、政治姿勢、政治手法、政策次第で転換することもある。しかし、このコロナ禍で地方の、地域の住民は日々の経済活動はむろん、生活や暮らしに向き合い、コロナ対策と同時に、さまざまな事柄の選択を迫られる日々が続いている。まちの経済、福祉、教育、文化や風習、自治会活動など、隅々まで問題を突き付けた。つまり、事によっては経済社会活動の停止や地域自体の存亡、地域住民の意識の変化をもたらす可能性がある。

有り難いことに、例年の祭りやイベントの実施の可否について議論を通し、意義や価値を見直す機会になった。小さくとも地域コミュニティーの民主主義を確認したといえる。民主主義は国や上から与えられるものではない。地方や地域の中で育まれるのだ。

映画「人生の約束」――新湊曳山まつり中止

〔2020・8・29〕

「イヤサー、イヤサー」。一〇月一日夜、漁師町の射水市新湊地区（旧新湊市）。新湊曳山《ひきやま》まつりは何百人もの曳き手が町を練り歩く。夜の帳が下り、一三基の曳山の提灯《ちょうちん》に一斉に明かりがともる。同時に見物する市民や観光客の拍手と歓声が湧くと、曳き手の掛け声が地鳴りのように響く。今年は三七〇年の歴史を誇る曳山巡行の中止が決まった。コロナ禍でまつり好きの市民にとって、気持ちにぽっかり穴が空いたようなものだろう。

新湊は私の叔母が暮らすまちだったため、子供のころ、父親に連れられて何度も曳山を見物したが、大人になってからも時々通った。二〇一六年、映画「人生の約束」が公開された。テレビドラマを制作していた石橋冠監督（八三歳）が「人生で一本だけ映画を作るなら、一番好きな風景で」と映画化した舞台が射水市の新湊曳山まつりだった。

ストーリーは新湊の曳山まつりを舞台に、東京で出会った二人の友情物語だ。ＩＴ企業で活躍する主人公は、亡き友（新湊出身）が暮らした新湊を訪ねた。友人が好きだった町内の曳山の維持費が底を突き、別の町内に引き渡されることに。主人公は「町内の曳山をもう一度、曳きたい」という友人の夢、「約束」を果たそうと動き出した――。曳山の神髄は人と人の「つながり」だと、映画の底流にあった。新湊の人たちも、そう共感する。当時、映画館は市民らで連日満員だった。

今年の中止にめげず、来年の開催の願いを込め、市内のマスク製造やデザイン、販売の三社が協力し、新港曳山まつりを題材にしたマスクを作った。デザインは全一三町（基）と一つにまとめたものを一四種類用意した。祭りが継続する限り、元気な町は生き続けるだろう。

はんこ社会と握手――生活の中の変化次々と

〔2020・8・30〕

久しぶりに市役所で必要に迫られ、印鑑証明書をもらった。実印と印鑑登録証（カード）を持参したが、カードの提出でOK、一、二分で発行された。日本社会では、実印は財産の移動に伴う必要なケースがあり、一生に何度も使用することはない。印鑑には銀行印のほか、日常的によく使用する認印がある。いわゆる「はんこ」だ。

日本は「はんこ社会」と呼ばれるくらい、役所や会社、ビジネスの場で多用される。ことに役所は現場の担当者、係長、課長代理、課長、部次長、部長へと文書が回る。これだけでも一週間要することもあろう。スピード感のない「役所仕事」と揶揄される所以である。日常生活の中で宅配便の受け取りなども「はんこ」が求められる。

コロナ社会で「はんこ」が壁となり、スピード感のない行政を露呈した。雇用調整助成金など押印（はんこ）が必要な書面提出が求められた。はんこに加え、書面準備も煩雑のため、申請を諦めた人があったと聞く。ＩＴ社会が叫ばれて久しいが、前提として「はんこ社会」を一掃したい。これは今すぐにでも着手できる、アフターコロナの一つだ。

もう一つ、変化に気付いた風景。富山県は一〇月の県知事選挙を控え、立候補予定者の活動が活発である。先日、一人の立候補予定者の集会に参加した。予定者も住民もマスク姿。表情が読めない。予定者は会場を回り、出席者とグータッチする。普通なら握手だが、コロナ禍が拒む。握手は人と人の触れ合いに最適だ。手の感触で熱意が伝わる。握手の数が当落を決めると言われる日本の選挙。ＳＮＳやリモートが進む中、公約や思いを伝えるため、変化に対応できるか。

八月は夢花火――疎開、戦争、平和、コロナ

〔2020・8・31〕

カーラジオから流れてきた。「夏が過ぎ風あざみ……八月は夢花火、私の心は夏模様」――夏の終わりに思い出し、口ずさむ井上陽水の「少年時代」である。どこかせつないメロディーであり、歌詞である。陽水の歌は篠田正浩監督の映画「少年時代」の主題歌。映画はドラえもんの藤子不二雄Ⓐさんの週刊少年マガジン連載「少年時代」を基に制作された。実は漫画の原作は柏原兵三の小説、「長い道」である。柏原さんも藤子さんも戦時中、少年時代に富山県に疎開していた。藤子さんは「長い道」を読み、感動した。篠田監督は当然、二つの作品に触れ、映画化した。「少年時代」はそれぞれの思いをつなぎ、結ばれて完成した。この歌は戦時下の疎開の風景、少年のこころ模様なのである。

昭和一九（一九四四）年ころから、都会では空襲が激しくなった。多くの子供たちは地方へ疎開した。つまり、安全な、食糧もある地方へ移ったのだ。父は戦地へ、母と子、時には学童疎開といって、学校ごと子供たちだけが見知らぬ、地方の村や町に疎開した。それぞれが家々ではなく、集団でお寺に身を寄せた疎開もあった。こころ細く、泣き続けた子供たちがいただろう。

小説「少年時代」は親戚や縁者を頼りに一人の少年が疎開し、学校では大人には見えない子供同士のいじめ、不安、葛藤、助け合い、クラスの仲間が団結し、少年を助ける姿などさまざま心象風景が描かれている。「少年時代」は時代背景が違えども、現代の子供たちの心をつかんだ。

二〇二〇年八月、戦後七五年の年だ。富山大空襲、広島、長崎、原爆、終戦の日、平和。そしてコロナ。コロナ禍では自粛生活を体験し、コロナと闘っている。これはある意味、自由に動けない現代の〝疎開〟かもしれない。社会と人間一人ひとりに突き付けられた内なる闘いなのである。

参考・引用文献・資料

北日本新聞朝刊の新型コロナウイルス感染に関する一連の報道及び一般ニュース報道

カミュ著、宮崎嶺雄訳『ペスト』（新潮文庫）

中村汀女編『日本の名随筆　雨』（作品社）

北日本新聞社編『とやま戦後還暦―163人が語る不戦のこころ』（北日本新聞社）

梅本清一著『春秋の風―「震」の時代に生きる』（北日本新聞社）

梅本清一著『地方紙は地域をつくる―住民のためのジャーナリズム』（七つ森書館）

おわりに

新型コロナウイルス感染拡大の終息の見通しが立たない。それどころか一旦、収まりかけたのも束の間、東京から首都圏、大阪、愛知、富山など全国へと桁違いの感染規模に拡大した。第一波をはるかにしのぎ、専門家も驚く。早々の、第二波襲来である。その後、国の判断で九月下旬からイベントの人数制限の緩和、東京を含め都道府県をまたぐ旅行の自由往来。結果、以前の日常を取り戻したような風景だが、冬を迎え第三波があるのか、明年はどうなるのだろう。

政治の世界では、政府が全国全世帯にマスク二枚無料配布を決めた。検品に手間取るなどの不評で「アベノマスク」と揶揄された。減収世帯への三〇万円給付が政権与党内や野党から批判された。結局、国民一人一律一〇万円給付に転換した。しかし、これも申し込みに不都合が生じ、国民になかなか届かない。一層生活苦に追い込まれた人々がいた。極めつけは「Ｇｏ Ｔｏ トラベル」だった。こんな日本の政治風景が連日、見せつけられる。

ＰＣＲ検査に至っては、希望者や国民全体を対象にした検査体制を構築しない。今もなお、コロナ対策を巡って、闘いが続く。この未曾有の危機、初めて経験する感染症。政治家は平時下では内外に向け、勇ましい言葉を繰り出すが、コロナ下では責任ある政治判断ができない。多くの国民が望むことは何なのか。官邸や霞が関の窓からは見えないのだろうか。

本書の窓では、中央の政治状況は実写できない。それこそ報道で知るしかない。ここでは出来るだけ政治ニュースは取り上げなかった。地方、地域に軸足を置き、虫眼鏡のような窓から実写することに心掛けた。ただ、問題の事柄、政府の政策が地方に即、影響を及ぼす。このため、地方のそれぞれの地域の様子、受け止め方を読み、時には取材して静止画像をスケッチした。中央で語られている日本の静止画像とは、違う場面があったように思う。それは国と地方の違いであろうが、私が暮らす地方や地域ごとの違いによるものかもしれない。

地方と国の関係で言えば、今度のコロナ禍では、くっきり見えた場面の画像が幾つもあった。コロナ対策や取り組み一つ見ても、多種多様だった。国と地方のリーダー。国と地方の関係、権限や財源。東京の一極集中の大きな弊害。地方分権ならぬ地方集権と中央集権。国会と地方議会の脆弱さ。これらのテーマは地方の人々はかねてから、声高に叫べども国民全体に、いやむしろ、地方の人々自身にも響かなかった。それが新聞やテレビ、ネットで全国津々浦々、地方から地方へ、地方から中央へと双方向の画像が見え、届いた。恐らくどこの「地方の窓」からも見えたはずである。逆に中央で暮らす人々からも、地方が少し見えたのではなかろうか。

例えば、鳥取県は九月一日、クラスター（五人以上）の発生時、知事が独自に店舗や施設の営業停止を勧告できる条例を施行した。ただ、十分な措置をとったのに発生した場合、協力金を支給できるとしている。政府が頑なに変えようとしない新型コロナ特措法の不備を補う、全国で初めての条例だった。これにには伏線があった。第二波の襲来を巡り、政府と全国の知事（会）との確執があったとみる。「Ｇｏ Ｔｏ」など社会経済活動を前に進めたい政府。往来の制限を求め、より慎重姿勢の知事らと対立した。現場を知り、機敏に対応する知事らの譲れない反撃と映った。コロナ禍の国と地方、立ち位置の違いで風景が異なって見えたのだ。ほかにＰＣＲ検査基準を巡り、国と県との実施判断の相違もあった。

一方、地域の足元を見ると、コロナ不況の影響をまともに受け、パート・派遣切りや失業、一人暮らしの高齢者や障害者、ひとり親家庭、引きこもり世帯など社会的弱者、格差の実態が見え、社会基盤の脆弱さが浮き彫りになった。

いい例が全国の社会福祉協議会に生活苦を理由に無利子で借りられる緊急小口融資の申請が殺到した。全国では三月末から三か月間だけみても、五七万九千件、申請額はリーマンショック時の八〇倍、一千億円を優に超えた。私の暮らす射水市でも同様で、なかでも外国人が殺到した。その多くは労働者で想像以上に地域に根付く、外国人の雇用実態が見えた。射水市社協は翻訳機器の導入、相談員を増やし、毎日遅くまで対応したという。

日々、見える窓の外の風景は私が暮らす地域であり、いろんな分野で苦悩しながらも、活動する姿である。今まで当たり前のように行っていた地域活動が突然、中止になる。地域のお祭りや葬式などが中止になったり、様式が変わったりした。イベントや行事と言っても、特段、華やかな舞台が設定されたものではない。永年、続く伝統行事や風習である。もっと危機的な事柄は地域福祉活動と地域経済活動だ。

例えば、ボランティア活動や高齢者の見守り、民生委員の活動を阻害した。それでも、どうすればカバーできるか、必死でもがき、感染防止と向き合い、頑張る姿も見えた。苦境にあえぐ飲食店を支援しようと、富山県内の若者有志や青年会議所のメンバーらが全国初のテイクアウトマルシェを始めた。夏祭りのころにはコロナ禍を乗り越え、新たなスタイルに変えたイベントや行事が登場した。まさに「ウィズコロナ」の実践だ。実施と中止の二者択一から変化した地域が見えてきた。

新型コロナウイルスは人間が油断する隙を見つけ、侵入する。そして人間と人間を引き裂こうとする。分断である。宗教や民族、肌の色の相違ではない。一人の人間同士から、国と国の分断だろうか。ウイルス自体が恐れているのは、人間の連携や連帯なのだ。人間同士の対立や対決では、コロナ撲滅とはいかない。混乱すればするほど、コロナは暴れるのだ。

本稿で紹介した人間の「利他的行為」の重要性、家族や地域での助け合い、ひいては世界の国々の対立ではなく、連携・連帯がコロナから守ることにつながる。例えで言えば、会合の出席でマスクを着用するか否か。密閉、密集、密接の「三蜜」を厳守するか。飲食店は防止対策をきちんと取るのか、お客はマナーを守るのか否か。これは利己的な欲望を抑制した他者への思いやりの原点である。

「国破れて山河あり」――戦乱で国が荒れても、山や河の自然は元のままである。コロナ禍は戦争ではないが、そこは変わらぬ自然、苦しみや悲しみ、疲れ果てた人々を受け入れる地方の、田舎の、地域の温かいきずなという、こころの風景でなかろうか。少子高齢化の中、地方では里山再生やまちなかの空き家利用、高齢者の買い物支援などきずなを強め、頑張る姿が目立つ。コロナ禍にもめげず、新たな視点や知恵を出し、力強く再稼働する風景が見えた。

日々の日常生活にある「地域活動」の重要性を改めて、認識した。コロナ禍と闘う住民やボランティア、福祉活動に取り組む人々、さまざまな活動を始めた団体や有志の姿、静止画像を紹介した。ことに新聞の地域版の小さなニュースを取り上げた。そうした取り組みの一つ一つの積み重ねが大きな力になる、と信じたからである。コロナに克つには人間と人間のきずな、「地域の力」が大きいと感じたコロナ禍でもある。それは日本という国、地方の中の地域。無くてはならない居場所なのだ。そこには奉仕に基づく、役割と分担、責任と住民の自治、地方自治、地域の民主主義がある、と信じたい。

ウィズコロナからアフターコロナへ。今後、どのような世界を築き上げるのか、誰も分からない。現在進行形である。だが、初体験の第一波の辛かったこと、今もコロナに向き合い、経済対策と感染防止というアクセルとブレーキを操ることに嫌気がさす。もう忘却の彼方に追いやりたいのが真情でなかろうか。この「コロナ禍の日常――地方の窓から見えた風景」はコロナ終息まで先が見えず、ここでひと区切りをつけ、まとめてみた。一地方の元地方紙記者が地方や地域で起きた、さまざまな出来事と思いを綴った、ちっぽけな記録である。

最後に日々の静止画像をスケッチするに当たり、毎日届く、私の出身の地方紙、北日本新聞社発行の朝刊を日々、チェックし、コロナ関連及び、一般ニュースについても執筆の参考にさせて頂いた。感謝申し上げたい。出版に際し、ルポライターの鎌田慧さんに相談、背中を押してもらい、表紙カバーの帯の推薦文を寄せてもらった。お礼を申し上げたい。また「地方議員を問う――自治・地域再生を目指して」の出版に続き、論創社にお世話になった。

二〇二〇年一〇月吉日

梅本清一

梅本清一（うめもと・せいいち）
1951年、富山県射水市生まれ。1974年北日本新聞社入社。論説委員、社会部長、政治部長、取締役編集局長、同広告局長、高岡支社長、常務社長室長、関連会社社長などを経て、2014年退任。現在は相談役。著書に『先用後利――富山家庭薬の再発見』（共著、北日本新聞社出版部）、『春秋の風――「震」の時代に生きる』（北日本新聞社）、『地方紙は地域をつくる――住民のためのジャーナリズム』（七つ森書館）、『地方議員を問う――自治・地域再生を目指して』（論創社）

コロナ禍の日常――地方の窓から見えた風景

2020年11月20日　初版第1刷印刷
2020年11月30日　初版第1刷発行

著　者　梅本清一
発行者　森下紀夫
発行所　論 創 社
東京都千代田区神田神保町 2-23　北井ビル
電話 03（3264）5254　振替口座 00160-1-155266
装丁　宗利淳一
組版　フレックスアート
印刷・製本　中央精版印刷
ISBN978-4-8460-2009-5